ベビーシッターは
溺愛アルファと
天使に愛される

CROSS NOVELS

秀 香穂里

NOVEL: Kaori Shu

上原た壱

ILLUST: Taichi Uehara

CROSS NOVELS

CONTENTS

CROSS NOVELS

ベビーシッターは
溺愛アルファと天使に愛される
7

あとがき
240

CONTENTS

ベビーシッターは
溺愛アルファと
天使に愛される
秀 香穂里
illustration
上原た壱

1

ふと気になって足を留めたのは、ちいさな背中が寂しそうに揺れていたからだ。

ぶらぶら。

春の夕暮れとはいえ陽は弱く、幼子の影を翳《かす》ませている。その子はブランコに乗って、地面に届かない足を頼りなく揺らしていた。鎖《くさり》を握る手が自分のものよりずっとちいさいと知ると、乃《の》南凛《なみりん》は思わず足を向けていた。

この子を見るのは初めてじゃない。凛の知るかぎり、昨日も似たような時刻にひとりで公園にいた。見たところ、三、四歳だろうか。パステルブルーのフリースジャケットを羽織り、ハーフパンツからのぞく足も思わず微笑《ほほえ》んでしまうほどにぷくぷくしている。

さらさらした黒髪が、春の夕陽を弾いていた。怖がらせないようにそっと近づき、子どもの横に立って腰を折る。

「もしかして、ひとりかな?」

「……」

きらきらしたビー玉のような大きな黒い瞳がじっと見上げてくる。

「迷子かな。お父さんかお母さんは?」

凛のやさしい声音に、子どもはかすかにかぶりを振る。

これでも保育士を目指している身だ。幼い子の対応には慣れているので、しゃがみ込んで目線を合わせる。

「昨日もここにいたね。お友だちは?」

返ってくるのは無言。鎖を握る手がぎゅっと固くなる。

子どもにだってプライドがある。言いたくないことを無理に言わせたくないのだが、もう陽が暮れる。

この子を心配している家族がどこかにいるだろう。どんな事情があってひとりでいるのかわからないが、連日となると放置されている可能性もある。そのまま立ち去るほど凛はひとでなしではない。迷子なら、やさしく手を引いて交番に行こうか。

なにも喋《しゃべ》らない子を見つめ、「大丈夫だよ」と言って髪をやさしく撫でた。

「お兄さんは悪いひとじゃない。君が昨日もここにひとりでいたことを知ってるんだ。どうしたのかなって心配になって」

ぷらん、と頼りなげに垂れ下がった足が止まる。子どもがまた見上げてくる。黒い宝石のような瞳の奥に隠しきれない寂しさを感じ取り、「君——」と言いかけたときだった。

「はるくーん。はるみくーん」

遠くから聞こえてきた若い男の声に、子どもがぱっとブランコから降り立った。

「はるみ君、どこー?」

その声のする方向に向かって子どもが駆けだそうとして、ふと足を留め、振り向く。

そうか、ただ親とはぐれただけなんだ。

ほっとする凛が「バイバイ」と手を振ると、子どもは真顔のまま、ぎこちなく手を振り返す。

そして走っていった。


「ただいまぁ……」

ひとり暮らしの部屋で靴を脱ぎながら小声を漏らす。勤め先であるスーパーの見切り品が入ったエコバッグをまずはテーブルに置き、ボアのフードパーカを脱ぐ。

肌寒い時期には重宝するのだが、この陽気が続くならそろそろ衣替えしたほうがいいだろう。中に着た長袖《ながそで》のTシャツもうっすらと汗ばんでいる。まずはざっとシャワーを浴びてすっきりし、ゆったりしたルームウェアに着替えたあとは夕食の準備に取りかかる。

今日は賞味期限が迫ってきているブロッコリーと鶏肉を調理して、ひじきの五目煮とポテトサラダという惣菜《そうざい》も買ってある。

ブロッコリーを茹でて、鶏肉と合わせてコンソメ煮にしよう。惣菜もパックのまま食べるのは味気ないので、手間ではあるが有馬焼《ありまや》きの器《うつわ》に移し替える。安売りしていた惣菜も華やかな器に盛ると断然美味《おい》しそうに見えるから面白い。

ごはんは一度に大量に炊《た》いて小分け冷凍しているものがあるので、それをレンジで解凍し、茶碗に盛る。汁物は簡単にワカメと豆腐の味噌汁にした。明日の朝も食べるのですこし多めに作っておく。

テレビを点《つ》けながら一日のニュースを見つつ、料理を口に運ぶ。

ブロッコリーも鶏肉も三十パーセントオフだったから助かった。オメガである凛は毎月オメガ保護団体から支援金を受けているものの、できるだけ自炊をするようにしている。

外食ばかりでは栄養の偏《かたよ》りが気になるし、自分好みの味つけにできる料理が案外好きなのだ。

手の込んだ惣菜はスーパー任せになることが多いけれど。

オメガ、といえば、ひと昔前までは薄暗い路地の奥に隠れて身を潜めているような存在だった。男でも女でも子宮を持つうえに、三か月ごとにヒートと呼ばれる欲情の波に襲われる。

その際発するフェロモンには誰も抗《あらが》えず、とびきりの美形が多いオメガは昔からなにかとトラブルに巻き込まれやすかった。法が施行されていない頃はオメガの人身売買も横行し、ヒート中《発情期》のオメガが何者かに攫《さら》われるケースも頻発《ひんぱつ》した。

しかし、さすがにこの状況に他の第二性——アルファとベータが声を上げ、オメガの人権と安全を守るため、そしてその身体の神秘の解明と彼らの生活を見守るために支援団体を設立し、専門の医療機関とも連携するようになった。

おかげで、凜が生まれた頃にはオメガといえど他のひとびととさほど変わらない暮らしをすることが可能で、ヒートに対する抑制剤も効き目がよく、身体に負担がかからないものが年々新たに開発されていた。

三か月に一度、どうしても一週間だけは熱い情欲にかき乱される。

オメガにはヒート休暇が認められているので、凜もそれを利用し、熱波が引くまではひたすら抑制剤を飲み、どうにもならなくなったらひとり慰《なぐさ》めることもした。発情は漏れなくあったが、ふらふらの身体で外に出て、誰でもいいからと相手を求められる性格ではない。

二十二歳になるいまのいままで、誰との経験もないのだ。

1Kのアパートに移り住んだのは、大学入学時の四年前。

それまでは親切な叔母宅に居候していた。オメガ同士だった凜の両親はあまり身体が丈夫ではなく、母は凜を産んだのと同時に命を落とし、彼女を愛し尽くした父は傷心のあまり病《やまい》を患《わずら》いながらも、男手ひとつで凜を五歳まで必死に育ててくれた。

母亡きあとの父は凜を溺愛し、目に入れても痛くないほどに献身してくれたが、唯一愛したひとの死で大きな衝撃を受けたのだろう。

『お母さんによく似てるよ』と涙ながらに言い残し、病院で息を引き取ったとき、凜は声もなく叔母たちに抱き締められていた。

親戚中で話し合い、一時は施設行きも検討されたらしいが、父を敬愛していた叔母が猛反対し、『うちは子どもがいないから』と言って引き取ってくれたのだ。

明るく、いつも笑い声が絶えない叔母と、穏やかでやさしい叔父。

ふたりともほんとうの両親のようでこころから安堵《あんど》した。

学校で、「おまえ、ほんとの親がいないんだろ」と虐《いじ》められて帰ってきたら血相を変えて傷の手当てをし、落ち着くまでそっと抱き締めてくれるような叔母だった。叔父はといえば、凜が泣きやんだあと、かならず甘いココアを入れてくれた。

そんなおおらかなひとびとではあったが、やはりどこかこころから甘えることはできなかったように思う。

もちろん、信頼はしていた。

なにせ、高校卒業まで育て上げてくれたのだ。箸《はし》の持ち方、挨拶《あいさつ》、きちんとした身だしなみを教えてくれたのは間違いなく叔母夫婦だ。

だけど――と思う。

いつだったか、他の親戚から聞いたことがある。

あれは父の三回忌だっただろうか。

噂話の好きな女性たちが叔母宅のキッチンに集まり、ひそひそと話していたのを聞いてしまったのだ。

喉《のど》が渇《かわ》いてサイダーを取りに行っただけだったのに。

叔母夫婦は、若い頃に子どもを産んだものの、生後間もなく不慮の事故で亡くしていた。

二度と子どもを産めない身体になっていた叔母は、だから凛にひと一倍愛情を注いでくれた。

我が子のように。

――そう、まるで我が子のように。

そのまなざしに、かつて自分の腕に抱いた実子の面影を見たことはなかっただろうか。

自分の子どもがいまも生きていたら、もっともっと無我夢中で抱き締めてくれたのではないだろうか。

丈夫に、明るく育ててもらったのに、こんなことを思うなんて。

己を情けなく思い、罪悪感に苛《さいな》まれた。

叔母夫婦もある程度凛の機微《きび》には気づいていただろうけれど、それでも笑顔で接してくれた。

凛は幼い頃から、感じやすい子どもだった。

ひと言で言えば繊細なのだ。

ひとの言葉、笑顔、態度に左右されやすい。

その表情の裏になにかあるのではないかと一瞬疑ってしまう。どんなに好意を示されても。

これはもう致し方ない性格だった。

物心ついたときに両親と死に別れ、以来、血は繋《つな》がっているとはいえ叔母夫婦のもとで暮らしてきたのだ。

嫌われないように。

悪い子にならないように。

いい子であるように。

つねにその三つをこころがけていた。

迷惑になりたくない。嫌われたくない。

だからというべきか、日頃はいつも笑顔だ。

弱いこころの裏返しといったらそれまでなのだが、周囲に気を遣い、仕事をやりやすいように進めて、他人が嫌がる仕事も率先して手を挙げた。

けっして滅私奉公《めっしぼうこう》ではない。

ただただ、他人の感情に聡《さと》いため、先に先に回って空気を悪くさせたくないからだ。

ひとの顔色を窺う。

そんな自分を恥じることもあるが、もう性分だ。

当たり前のように毎日気疲れした。勤めているスーパーはつねにひとの出入りが激しく、いわゆるブラック企業だ。

それでも残業手当がつくところだけはまだいい。凛は生鮮食品売り場担当だが、レジにも入るし、他の売り場の品出しも手伝う。

客もさまざまだ。

顔なじみで毎回丁寧なひともいれば、金を投げつけてくるひともいる。あまつさえ、怒鳴り散らすひともいる。

スーパーやコンビニといったサービス業スタッフにつらく当たるひとというのは案外多いのだ。

だから、家に帰ってくるとほっとする。

ここは凜ひとりの城だ。

大学入学をきっかけに、叔母宅から三駅離れたところに１Ｋのアパートを借りた。

叔母夫婦は懸命に引き留めてくれたけれども、バイトもしていたし、これ以上世話になることもできない。

最初は離れて暮らすことの寂しさや不便を感じたが、三か月もするとだんだんと慣れ、二、三週に一度は叔母宅に帰り、食事をともにする。

そうすることで、以前より話す機会が断然多くなったし、距離も上手に取れるようになった。

『凜も独り立ちしていくのねえ……』

『ほんとうだな。でも、いつでも帰ってきなさい。ここがおまえの実家なんだから』

寂しそうに、でも感慨深そうに言う叔母夫婦に感謝し、夜遅くまで話し込んだり、家事を手伝ったりもした。

そうして、またひとりに戻る。

毎日バイトに行き試験勉強に励む。いまはその繰り返しだ。

「明日は早番だっけ……もう寝なきゃ」

寝る前にぬるめの風呂にもう一度浸かり、身体を解してからパジャマに着替える。

ベッドに入る前、ふっと夕方の光景が脳裏を横切った。

公園で出会った子。

あの子は無事、家に帰れただろうか。

「……はるみ君って呼ばれてたな……」

毛布を顎《あご》まで引っ張り上げ、瞼《まぶた》を閉じる。明日の公園でも会えたら嬉しいけれど、親御さんがついてくれていることを願う。

あの年頃の子は目を離したら危ないから。

暖かい布団の中で身体を丸め、やさしく背中を撫でてもらった幼少期を思い出しながら凛はゆっくり瞼を閉じた。

子ども時代は、しあわせすぎるほどしあわせなほうが、いい。

2

「困るよ、乃南君、早くレジ入って！」

「はい！」

店長に言いつけられるなり、凛は制服であるエプロンの肩紐《かたひも》を引っ張って客が殺到しているレジに走る。

七台あるレジのうち開いているのは五台。

そこに長蛇の列ができている。

急いで六台目を開け、待っている客を呼び寄せるとほっとした顔を向けられた。

「お待たせしてすみません。袋は必要ですか？」

「エコバッグがあります」

「ありがとうございます」

次々にカート内の品物をスキャンして新たな籠《かご》に入れ、精算していく。

昼の十二時のスーパーは思っているより戦場だ。

昼食を買いに来る者もいるし、早めに夕食の買い物に来る者もいる。

もっとも忙しいのは夕方以降なのだが、今日はその前に上がれる。

それまでの我慢だと己にはっぱをかけ、次々に客をさばいていった。

その後はカートと籠の整理にサッカー台の清掃、ゴミ捨てもする。

一度バックヤードに戻って十分ほど休憩を取ったら、今度は持ち場の生鮮食品売り場に向かう。

入荷されてきた新鮮な野菜たちを並べるのだ。

春キャベツが瑞々《みずみず》しくお買い得で、出すそばから女性や男性が手に取っていく。

この時期のキャベツは凛も好きだ。ロールキャベツにしてもいいし、生で食べたって美味しい。

味噌汁の具にするのも案外いい。

ひと玉百円というお買い得さに、あとで自分も買おうと決意する。

明日は遅番だから、帰ったら久しぶりにロールキャベツを作るのもいい。それか、とんかつにして新鮮なキャベツを千切りにして食べるのもいいかもしれない。

忙しなく働く中、ヘルプを求められれば走り、手伝う。

自分の仕事だってあるのだが、困っているひとをどうしても放っておけないのだ。

他の仲間は目をそらし、黙々と己の仕事に徹している。それが正しいと言うひともいるだろうが、凛にはできない。

——助けてほしい。

そう聞こえれば自己犠牲を払ってでも手を貸す。

『自己満だろ、あんなの』

『黙ってたってそのうち勝手に潰《つぶ》れるって』

仲間が陰でそう言っていることも知っている。同じバイト仲間といっても、反りが合わない者もいるものだ。

品出しをひと段落させれば、やっと上がりの時間だ。

ふう、とため息をついて額《ひたい》に滲《にじ》んだ汗を手の甲で拭い、バックヤードに戻って制服から私服に着替えて店内に戻り、今日の見切り品である茄子《なす》の味噌煮込みと、とんかつ用の豚ロース、キャベツをひと玉、それに特売となっていたペットボトルのミネラルウォーターを買う。

そして再びバックヤードへと入る。

ロッカーに入れていた私物を取り出し、扉をぱたんと閉めた。

「あの、乃南君、今日はありがとうね」

かたわらから声をかけられ、振り返る。四十代の女性パート店員の横山香奈《よこやまかな》だ。シングルマザーでふたりの子どもを育てていると聞いている。シフトをぎりぎりまで入れている横山がいつも疲れた顔をしているのが気がかりで、なにくれとなく手伝うのが癖になっている。

「そんな、いつものことじゃないですか。お互いさまです。僕も手伝ってもらうことがよくあるし」

「うん、でもほんとうにありがとう。……ここ、大変だよね。お給料は他の店よりいいけど、その倍以上働かなきゃいけなくて」

私ね、転職を考えてるんだ。

ふたりきりのバックヤードで彼女がぽつりと言う。

「いまよりお給料は下がるけど、子どもともっと一緒にいてやりたいから」

「……そうですよね」

その気持ちはよくわかる。

確か、小学校三年生と中学校一年生の男児ふたりがいるのだ。繊細な年頃の子どもたちに寄り添っていてやりたいという気持ちは痛いほどにわかる。

「幼い頃は、お母さんがすべてですから。応援してます。僕にできることがあったらなんでも言ってくださいね」

「ありがとう。とにかく、今日はお疲れさま、また明日ね」

横山ははにかむように笑い、トートバッグを提げてひと足先に出ていった。

そのあとを追うように凛もエコバッグを肩から提げて店の通用口を出る。

夕方四時、やわらかな春の風にうっすらと花の香りが交じっている。

空は薄く暮れ始め、白い雲がふわふわと浮かんでいた。

一日がようやく終わったことにほっと息をつき、帰り道を辿《たど》っていく。

その途中で、またあの公園に差し掛かった。

——昨日の子。

なんとなく忘れられなくて、入り口からブランコがあるほうを見る。

きい、とブランコが揺れていて、思わず足を留めた。

あの子だ。ちいさく丸まった背中。

今日はオフホワイトのパーカを着ている。

昨日は両足をぶらぶらさせていたが、今日はなぜか右足だけをだらんとさせている。

うつむいた背中にどうしたものかと惑いながらも、やはり素知らぬふりをすることはできない。

今度は怯《おび》えさせないようにわざとしっかり足音を立てて近づいた。

「こんにちは」

鎖を握る男の子の脇から声をかけると、ぱっと振り返った。

「はるみ君、だっけ。昨日ここで会った僕のこと、覚《おぼ》えてる？」

男の子はしばし凛の顔を見つめてから、こくんと頷《うなず》く。

今日もひとりなの、親御さんはどうしたの、と訊《き》く前に、なぜはるみが片足だけだらんとさせているのかを知った。

右足の膝《ひざ》を擦《す》り剝《む》いているのだ。きっと、転んだのだろう。まだ血が滲んでいて痛々しい。

それを見るなり凛は跪《ひざまず》き、まずはエコバッグからミネラルウォーターを、トートバッグの中からちいさなポーチを取り出す。

ポーチにはティッシュや頭痛薬、胃薬、それに絆創膏《ばんそうこう》が入っている。いつなにがあってもいいように、細々《こまごま》とした物を持ち歩いているのだ。

「ほんとうはきちんと消毒してからのほうがいいんだけど、とりあえず血を止めるためにお水で傷口を拭って、絆創膏を貼るね」

「……」

ティッシュに水を含ませてとんとんとやさしく叩《たた》いて血を拭い、絆創膏で傷口を覆うと、はるみはわずかに顔を歪《ゆが》ませたが、泣くことはしなかった。

「これでもう大丈夫だよ。おうちに帰ったらちゃんと消毒してもらって」

「……ん」

はるみが初めて声を発する。弱々しいけれど、なんとも可愛らしい声だ。守ってやりたくなる声というのはこういうものか。

「はるみ君、いくつ？」

「……みっつ」

「みっつかぁ。えらいね、痛いのを我慢して泣かなかった。男の子だね」

鎖を両手で握ったはるみがおずおずと見上げてくるので、なんとはなしにくしゃりとその髪を撫でた。

するとはるみは嬉しそうに頭をぐりぐりと押しつけてくる。愛情に飢《う》えているのか、それともただ人懐こいのか。

知らない男に頭を撫でてもらっている幼子、という構図を他人が見たらどう映るだろう。もし、この子の親がそばで見ていたら。

さらさらした黒髪の感触を惜しみながら手を離したときだった。

「はるみくーん、どこー？　どこにいるー？」

昨日と同じ、若い男の声がする。

家族なのかなんだかわからないが、よく目を離しがちだ。

ひと言注意したいところではあるが、はるみに無遠慮に近づいたのを警戒されるのも困る。急いでトートバッグを持ち直し、膝を払って立ち上がった。

「またね、はるみ君。すぐに怪我の手当てをしてもらってね」

「……うん。あ……」

はるみが物言いたげに片手を伸ばしてきた。

「また……あえる？」

「うん、会おう。僕は近くのスーパーに勤めていて、ここは帰り道なんだ。君を見かけたらまた声をかけるよ」

「やくそく、してくれる？」

小指を差し出してくるはるみが可愛くて、思わずにこりとしてしまった。

小指と小指を絡め、「指切りげんまん、嘘ついたら、針千本のーます」と言い合い、指を離した。

男が近づいてくる気配がする。その前に凛は背中を向けて、はるみに「バイバイ」と手を振った。

はるみもちいさく手を振り返していた。


たぶん、その出会いは偶然ではなかったのだろう。

三日後の公園に、はるみはまたいた。

その日の凛はオフで、午前中いっぱい部屋を掃除して国家試験のための勉強をし、昼食がてらに近くのタイ料理屋に向かった。

ここで食べられるガパオライスがとても美味しいのだ。肉は豚と鶏が選べる。

通いたての頃は豚肉ばかり食べていたが、ある日、「今日は鶏肉だけなんだ」とマスターに言われて初めて食べてみたところ、あっさりとしていながらも、コクがあってとても美味しかった。以来、鶏肉のガパオライスを好んで食べている。

その後は書店に寄り、ＳＮＳで見かけて気になっていた幼児教育の本と参考書を二冊買い求め、あちこちの書架を眺めて回った。

いま旬の俳優や風景の写真集をぱらりとめくったり、長大な歴史を紐解《ひもと》く本を眺めてみたり。大学受験時にお世話になった参考書を懐かしく眺めることもした。

帰りがけにお気に入りのカフェに寄って紅茶でも飲みつつ、買ったばかりの本を読もう。

そう思いながら勤務先のスーパーの前を通り過ぎ、公園に近づいていく。

晴れた春風に吹かれて散歩するのもいい。

カフェの前にちょっとだけ歩いていこう。

園内は綺麗に整備されていて、色とりどりのチューリップが鮮やかに咲き誇っていた。

赤、白、黄色にピンク。黒に近い紫のチューリップなんかもある。

珍しい色だなと思いながら尖《とが》った花弁をちょんちょんと指先でつついていると、「はるみ」と男の声が聞こえてきた。

はるみ？　はるみ君のことか？

パッと振り返ると、スーツ姿の男性がブランコに近づいていくところだった。

長身で逞《たくま》しく、堂々とした歩き方からもアルファだと知れる。理知的なボストン眼鏡が、端整な横顔を彩っていた。

アルファ――この世を統《す》べる希少な者たちの総称だ。生まれながらにして心技体に恵まれ、どの分野においても際立った才能を見せる。ひとを動かす才能に長《た》けたアルファは政財界、芸能、スポーツ界でもずば抜けた才覚を披露し、自然とリーダーとなる。企業の社長、重役もほとんどはアルファで占められていた。王者たる者たちなのだ。

アルファの他に、ベータとオメガという第二性がある。凛を育ててくれた叔母夫婦はベータだった。温厚で懐こく、心根がやさしい。一番数が多いベータによって、この社会は成り立っている。ありふれた日常を慈しみ、平穏を好むベータがいなかったら、真逆の性質を持つアルファとオメガだけで衝突を繰り返し、とうにこの世は破綻していただろう。

アルファは華やかな美形が多いが、オメガは影のある美しさを持つ。凛は母親譲りの顔立ちで、よく叔母から『いまの凛はすごく可愛いけど、大人になったらもっともっと綺麗になるわねぇ』と幼い頃から褒められ、照れていた。

　写真の中でしか見たことがない母だが、亡き父がこころから愛したひとだ。その面影を持ち合わせているのだと思うとやはり嬉しい。

　髪は母に似て薄茶でやや癖があり、陽に当たるときらきら光る。

　二重の目は大きく、感情が出やすい。ベータの多い勤め先ではどうしても容姿が目立つのだが、マスクをして仕事にあたるのでさほど気にすることでもない。

「はるみ？」

　今日もブランコは揺れていた。三日前に見たときよりも元気だ。きぃきぃとリズミカルに揺れるブランコからぱっと飛び降りると、「ぱぱ！」とはるみは駆け寄っていく。

　あのひとがはるみ君のパパなのか。

　誰もが一瞬足を留めるほどの美貌《びぼう》の持ち主で、凛としている。けれど、はるみを見るとやさしいまなざしで跪き、「ジュース、買ってきたぞ」とペットボトルを渡している。

「ありがと。ぱぱも、いっしょにのも」

「そうだな。ベンチに座ろうか」

「うん！」

三日前とは打って変わって弾んだ声のはるみが男性の手をしっかりと握り締める。そこには確かな愛情が流れていた。

　ぼうっとその光景を見つめていると、視線を感じたのだろう。はるみがふと振り向いて、「おにいちゃん！」と声を上げげた。

「おにいちゃん、またあえた」

　男性の手を振り切ってタタッと駆け寄ってくるはるみがばふっと膝に抱きついてくる。

「またあえたね、やくそくしたもんね」

「そうだね、はるみ君こんにちは。……あの、初めてお目にかかります。乃南凛と申します。数日前にここではるみ君がひとりでいるのを見かけて、思わず声をかけてしまって」

　怪訝《けげん》そうな顔をして近づいてきた男性に頭を下げた。

「ぱぱ、あのばんそうこう、このおにいちゃんがはってくれたの」

「そうなのか？」

　男性は目を瞠《みは》り、慌《あわ》てて頭を下げてくる。

「うちの子が大変お世話になりました。芹沢篤志《せりざわあつし》と申します。はるみの叔父です」

　見たところ、三十代半ばだろうか。

　目が離せないほどの男っぷりに声がなかなか出てこない。

視線が絡みついた瞬間、稲妻のような甘美な痺れが走り抜け、茫然としてしまう。

さっきから、ずっと鼓動が高鳴り、指先までもが熱かった。

こんなに素晴らしい男は見たことがない。仕事柄さまざまなひとを日々目にしているが、全身から発する圧倒的な雄《おす》のオーラに惹《ひ》きつけられてしまう。

しかし、不思議と威圧感はなかった。

アルファだったら他人を一瞥《いちべつ》しただけで黙らせる力があるのだが、芹沢にははるみが寄り添っているせいか、滲み出すようなやさしさがある。

そのことに自然と頬《ほほ》がゆるみ、「はるみ君の怪我、大丈夫でしたか」と微笑んだ。

「おかげさまで。もうかさぶたになりました。痒《かゆ》がって触ろうとするのには困っていますが。なあ、はるみ。いいお兄さんに手当てしてもらったんだな。お礼は言ったか？」

「おれい？」

「ありがとう、って言ったか」

「あ、……ありがと」

律儀にぺこんと頭を下げるはるみに、「いいよいいよ、これぐらい。僕もよく転ぶし」と言うと、芹沢が可笑《おか》しそうに肩を揺らす。

「君みたいにしっかりしているように見えるひとでも、転ぶんだな」

「なんでもない段差でうっかり躓《つまず》くんですよね。お恥ずかしいです。それに仕事柄、ちょっとした怪我が多いし」

「仕事？」

「そこのスーパーでバイトしてるんです。生鮮食品売り場にいるから手の傷は絶対に避けますけど、膝や臑《すね》はよく」

「なるほど、それで絆創膏を持っていたんだ。ありがとう」

重ねてお礼を言う彼が、「せっかくだから」と指先を公園の反対側に向ける。

「お礼代わりに一緒にお茶をしませんか？　あそこのカフェ、紅茶が美味しいんですよ」

「あ、僕もちょうど行こうと思っていたところです。でも、自分で出します」

「はるみを助けてくれたんだから、これぐらい。チーズケーキも美味しいよ。ね、ぜひ」

「……じゃあ、お言葉に甘えて」

はるみを抱き上げた芹沢と肩を並べて歩きだす。

足元がふわふわ浮いているようで、落ち着かない。

そろっと彼の横顔を窺《うかが》うと、はるみとにこにこしながら話していた。

黙っていれば冷たい感じのする美形なのだが、子どもの相手ともなれば違う顔を見せるのだろう。そのことにも胸が甘く疼《うず》く。

――こんなひと、初めてだ。

カフェはほどよい客で埋まっていたが、タイミングよく奥まったテーブル席を陣取ることができた。

はるみを隣に座らせた芹沢と向かい合って座り、ダージリンのホットとチーズケーキのセットを注文する。はるみにはいちごパフェ。

「ぱぱも、ぱふぇたべる？　はーちゃんといちごはんぶんこ」

「はるみが丸ごと食べなさい。パパは生クリームのところをもらうよ」

仲睦《なかむつ》まじい姿ではあるが――先ほど聞き間違いでなければ、芹沢ははるみの叔父だと名乗っていた。

だとしたら、「ぱぱ」と呼ばせているのはなぜなのだろう。

出会ったばかりだし、プライベートなことだろうから探りたくないが、知らずと顔に出ていたのだろう。

機微に聡いらしい芹沢が隣にちょこんと座ってパフェに夢中になっているはるみの頭を撫で、

「俺はこの子の叔父なんだ」とちいさく笑う。

「姉の子なんだよ。……半年前に姉が車の運転を誤って亡くなって、俺が引き取ったんだ。独り身だし、幸い時間に自由の利く仕事だから」

「そう、なんですね」

こんなに可愛い子の母親がたった半年前に亡くなったなんて。はるみの受けた衝撃はいかばかりだろう。自然とはるみを自分に重ねてしまう。幼い頃に両親を亡くした自分とはるみは、どこか似ているかもしれない。

「仕事好きな姉だった。パートナーとは意見の相違で別れてしまったけれど、だからこそはるみのことは大切にしていたんだ。ベビーシッターや俺に預けることも多かったが、ちゃんとはるみの生活に合わせて休暇を取って、育児にも熱心だった。弟の俺から見ても、よくがんばっていたと思う」

「……はるみ君とあなた、顔立ちが似ています。いまはとっても可愛いけれど、大人になったら素敵な男性になるんでしょうね」

「だといいな」

ふたりの胸中をよそに、はるみは無邪気な顔でパフェに夢中だ。

「ぱぱは、ぱぱ」

「うん、パパだよな」

口元を生クリームで真っ白にさせているはるみに芹沢は微笑し、ナプキンで拭ってやる。

やさしい手つきにはるみは嬉しそうに顔をほころばせ、ウエハースをぼろぼろ零《こぼ》しながら齧《かじ》り始めた。

親密そうに肩を寄せ合うふたりにこころが和む。

素直にいいなと思うのだ。

実の親子ではないけれど、確かな絆《きずな》と愛情が感じられた。

自分も、こうだったただろうか。叔母と叔父に育ててもらった頃、こんなふうに素直に甘える顔を見せていただろうか。

想い出が重なるから、余計にはるみのころころ変わる表情や仕草を見ていたい。

大人サイズのパフェをぺろりと平らげたはるみが満足そうに吐息をつき、砂糖を入れた芹沢の紅茶をちょっと飲ませてもらっている。

オレンジジュースも欲しがっていたが、「お腹を冷やすかもしれないだろ」と言われ、おとなしく従っていた。

「いい子ですね、はるみ君。はるみ、ってどんな字を書くんですか?」

「そのまま、ひらがなではるみだよ。春に生まれたから春の海と名づけようかと姉も言っていたんだけど、子どもの頃から書きやすい名前にしたほうがいいなってことになって」

「そうなんだ。はるみ君、素敵な名前だね」

「うん、はーちゃんもはるみのなまえ、すき」

子どもらしく、自分のことをはーちゃんと呼ぶはるみが、「おにいちゃんは、なんてよべばいい？」と訊いてくる。

「りん……、りんちゃん？」

「うん、それでいいよ」

「こらはるみ、会ったばかりのひとだろう」

「構いません。こんな可愛い子に呼ばれたら僕も嬉しくなっちゃいます」

チーズケーキを食べたがるはるみに、「いいですか？」と訊くと、「ひと口だけね」と芹沢が苦笑する。

「あーん、できる？」

「あーん」

大きく口を開けるはるみにケーキのひと欠片《かけら》を食べさせてやる。

「……おいしい……！」

ぱあっと顔を輝かせたはるみが、「ね、ね」と芹沢の袖を引っ張る。

「ぱぱも、たべて」

「パパのぶんはもうあるよ」

「りんちゃんのほうがおいしいよ。ぜったい」

確信を込めたはるみの言葉に、芹沢は肩を竦《すく》め、「じゃあ……」と遠慮がちにフォークを受け取る。ひと口すくって口に運び、「うん、美味しい」と頷く。

「なんだか自分のより美味しく感じるな」

「ほんとうに？」

「ほんとうに。代わりに俺のぶんも食べてみる？」

「では、ひと口だけ」

しっとりしたケーキを頰張り、「うん」と口元をゆるめた。ただのケーキ交換なのに、妙に照れてしまう。

男性同士で食べさせ合うなんて初めてだ。

幼い頃は叔母夫婦によく「あーん」をしてもらったことを不意に思い出す。あそこにも愛情があったのだ。

ほんとうの子どもではなくても、叔母夫婦は手を尽くしてくれた。

もっと感謝しておけばよかったなとあらためて思う。実家を離れてしまったいまでは遅いかもしれないが。

せめて、今度家に戻ったときに美味しいケーキを買って、手料理を振る舞おう。

「凜君はスーパーでバイトをしているって言ってたね。フリーター？」

「いまのところは。じつは、保育士を目指しているんです。大学在学中に国家試験を受けたんですが、不甲斐《ふがい》ないことに一度落ちてしまって。その頃、親切にしてもらった親戚が病気で亡くなって勉強どころではなくて……次回を目指して、いまも勉強中です」

叔母夫婦とはべつに、凛を可愛がってくれた親族がいた。独り身の彼女ははるみの母と似ていて仕事熱心だったが、若くして癌を患い、闘病の末に息を引き取ったのだった。凛もよく面倒を見てもらっていたから毎日病院に見舞いに行ったものだ。

最期《さいご》を家族全員で見送られたことだけはよかったけれど、もっと長生きしてほしかった。

「保育士か……」

芹沢は顎に拳《こぶし》を当てて考え込んでいる。

「そういう芹沢さんはどんなお仕事をなさっているんですか」

湿っぽい空気を吹き飛ばしたくて、話題を変えた。

「ああ、そういえばまだ言ってなかったね。こういう者です」

スタイリッシュな銀のケースから名刺を一枚取り、差し出してきた。

そこには、『桜庭社《さくらばしや》　「週刊桜庭」社会部　芹沢篤志』と記されている。

「出版社の……編集者さんですか」

「うん、記者も兼ねたデスクだよ」

「デスク？」

「編集長、副編集長に次ぐポジションかな。入社以来ずっと社会部所属なんだ。凛君、うちの雑誌読んだことある？」

「ええ、もちろん。芸能や政治、社会記事に鋭く切り込むことで有名な雑誌ですよね。雑誌のなかでも一番売れてるところじゃないですか。すごいです」

「そんなことないよ。アルファでもまだデスクだからね。うちは年功序列が厳しいんだ」

口ではそう言っていても、芹沢は楽しそうだ。雑誌記者という仕事が好きなのだろう。

「社会部っていうと、ほんとうにいろんな話題を扱いますよね。事件とか事故の話題とか……」

「芸能や政治に関わることもたまにあるよ。雑多な部署だからね。でも一番多いのはやっぱり事件かな。最近じゃ、連続児童誘拐未遂事件を追ってる」

「あ、ニュースでもよく見ます。確かもう三件ほど起きているんですよね」

「そう。関東だけで三件。どれも幸い未遂に終わってるけど、いつかほんとうの誘拐事件にならないか俺たちも危惧《きぐ》している」

「容疑者の目処《めど》は立ってるんですか？」

「二十代の男……らしき人物ということぐらいしか。よくよく用心を重ねて当たりをつけてるんだろうね。事件が起きた場所も日時もバラバラ。ただ、付近では不審な赤い車を事件の数日前によく見かけたっていう地元住民の証言がある。ナンバーは毎回変えているらしくてそれ以上の手がかりは見当たらないんだけど。ちいさな子に、『お父さんが病気で倒れたって聞いたから家まで送るよ』と誘うらしい。攫われそうになった子が怪しんで断ったことをきっかけに、容疑者の目星が立ったんだ」

　そこで芹沢は心配そうな目つきではるみを見やる。

「どこの家庭も戦々恐々としているよ。今度はうちの子の番じゃないかって。俺も仕事で家を空けることが多いから、ベビーシッターを頼んでいるんだけど」

「……もしかして、若い男性ですか？」

「そう。知ってるの？」

「公園ではるみ君を呼んでいる声を聞いたことがあったから」

「そうなのか。彼もがんばってくれてるんだけどね。なかなかこの子が懐かなくて」

　その点、君は珍しいなと芹沢が紅茶を口に運ぶ。

「こう見えてもはるみは人見知りする子なんだ。いままでにふたりベビーシッターについてもらったんだけど、どちらとも仲よくなれなくて。でも、君は違うみたいだ。親切に絆創膏を貼ってくれたからかな」

「そんな、たいしたことじゃありません。逆にちいさい子に僕みたいなのが近づいたら怪しまれてもおかしくありません。はるみ君がいい子なだけで」

こころから言うと、芹沢はなにかを決意したかのように身を乗り出す。

「――こんなことを言うのは突然すぎるけど、凛君、この子のベビーシッターをしてみる気はないかな?」

「え?」

「もちろん、ギャラは弾むし、休日もちゃんと設ける。たとえば朝十時から夕方の五時までとか。保育士を目指してるなら、それの予行演習とでも思って実績を積むのはどうかな。ああでも、スーパーのバイトがあるんだっけ」

「ええ、まあ。でも……」

じつはブラック企業で、他にいい勤め先がないかと思っていたのだ。

ただそれを職場でなかなか言いだせないのは、同じように大変な想いをしている同僚たちがいるからだ。

自分だけが抜け駆けしたら、皆がもっと大変な目に遭わないだろうか。

己のことより他人を優先してしまう性分だ。多少つらい想いをしても、他のひとが楽になればそれでいいと思っている。

これも、幼い頃から叔母夫婦に嫌われまいとしてきたせいだろうか。そんなことを思わずともよくしてくれていたのに。

　欲深いなと己を戒め、勤め先のことをぽつぽつと話し始めた。はるみは満腹になったようで、芹沢に寄りかかり、うとうとしている。

　給料はそれなりにいいけれど、激務であること。人間関係もぎくしゃくしていること。なにより、高圧的な店長の怒鳴り声をしょっちゅう聞くのがストレスだ。

「そうなのか……大変なところなんだね。君の勤め先だから悪いことは言いたくないけど、結構なブラック企業じゃないかな」

「……だと思います。転職も考えてるけど、僕だけ抜けたら仲間が困りそうで」

「思いやりがあるね、君は。でも、最後はやっぱり自分を一番大事にしないといけないよ。身体やこころを壊してまで仕事をするものじゃない。きっと、君に合った仕事が他にあると思う。はるみにもこんなにやさしくしてくれたんだから。君の繊細さがしっくり嵌《は》まる仕事があるよ、絶対に」

「そう言ってもらえるとすこし安心します」

「ここでうちのベビーシッターを頼み込むのはさすがに図々しいね」

　でも、と言って芹沢は一度渡した名刺の裏にスマートフォンの電話番号をボールペンで丁寧に書きつける。

「なにか困ったことがあったらいつでも電話しておいで。俺でよければ力になるから。ただ話すだけでも楽になることがあるでしょう」

「……ありがとうございます」

頼れる場所がひとつできただけで、意外なほどにほっとする。

ベビーシッターの件は安易に承諾できないけれど——揺れ動いている。安心しきって眠るはるみの顔を見ていると余計に。

いま、はるみのベビーシッターを務めている男性の様子を思い返すと、及ばずながら自分がやれたらと思う。

あの男性はしょっちゅうはるみから目を離しているし、怪我していることに気づくのも遅かっただろう。

まだ三つのはるみから目を離したくない。普通なら二十四時間顔をつき合わせていてもおかしくないぐらいの年頃だ。

「あの……お話、ありがとうございました。すこし時間をもらってもいいですか？」

「もちろん。あまり気に負わないで。できることならいい返事を聞かせてもらいたいけど、自分を大事にして」

「はい」

ひとつ頷いて、紅茶を飲み干す。
胸の裡《うち》は複雑だったけれど、紅茶はとても爽《さわ》やかな味わいだった。

3

はるみのベビーシッターになる。

容易に決断できることではない。

保育士を目指しているのはほんとうのことだし、その前に実際の幼子に触れる機会を与えてもらえるのは素直に嬉しい。普通に考えたら成人男性が見知らぬ幼児に声をかけただけで警察案件だ。

「はるみ君、可愛かったな……」

職場で買ったレタスと鶏腿肉《とりももにく》をコンソメスープで煮込む。こうするとレタスが簡単にたくさん食べられるのだ。

パンにするかごはんにするか悩んだが、やっぱりごはんにした。コンソメが染みてくたくたになったレタスと鶏腿肉がとても美味しい。

豆腐と長ねぎの味噌汁を作り、ミニトマトが鮮やかなサラダも一緒に。

シンプルな食卓だが、これぐらいがちょうどいい。

いま頃、はるみと芹沢はどんな食事をしているのだろうか。芹沢は自炊ができるのか。雑誌記者だから、外食も多そうだなと考えてごはんを口に運ぶ。

自分だってたいしたメニューを作れるわけではないのだが、今日みたいな和洋食や、ホットケーキ、クッキー作りは案外得意だ。

朝、ぱっと食べたいときにホットケーキを焼くことがよくある。たまごやきも得意だし、肉ジャガもお手のものだ。

もし、機会があったらはるみにホットケーキを食べさせてあげたい。

――それに、芹沢にも。

今日、はるみのパフェをつまみ食いしていたから、甘いものは嫌いではないのだろう。

風呂で半身浴をし、電子書籍で気になっていた問題集の続きを読む。ミネラルウォーターを持ち込んで長風呂をするのが好きだ。

はるみはひとりで頭が洗えるのだろうか。

まだ三つだ。誰かの手を必要としているに違いない。

それに――と、とくとくと高鳴る胸に手を当てる。

芹沢。

出会った瞬間、目を離せなかった。あれはなんだったのだろう。

――御伽噺《おとぎばなし》として聞いたことがある。

特別なアルファとオメガが出会ったとき、言葉も交わさずに魂が引き合い、運命の番《つがい》になるということを。

いままで凛は恋のひとつもしたことがなかった。だから、運命の番なんて単なる噂や都市伝説としか思っていなかったのだ。

ひとに気を遣いすぎ、嫌われまいとするあまり、いい顔をして知らずと距離を取ってしまう。言い寄られたことは何度かある。男性にも女性にも。けれど、それに応えることは一度もなかった。

気に入られたいから――嫌われたくないから顔色を窺うのが目に見えているからだ。

そんなのは恋じゃない。

でも、芹沢は違った。視界に飛び込んできた瞬間、こころを鷲摑《わしづか》みにされ、初めてこのひとのことを知ってみたいと思ったのだ。

はるみの叔父というだけあって、ふたりはよく似ていた。

知らないひとが見たら、実の親子と間違えるぐらいだろう。芹沢は完成された大人の男だけれど、はるみと一緒にパフェを食べている間はくつろいでいた。

指通りのよさそうな黒髪にきらきらした瞳。

親しげに肩を寄せ合うふたりを見ているだけで胸が弾んだ。

はるみのベビーシッターになれば、芹沢とも会うことができる。近づくことができる。

「……そんなの、やましいよな」

髪を洗いながらぽつりと呟《つぶや》く。

はるみをだしにして、ときめいた芹沢に接触するなんて卑怯《ひきょう》だ。

ベビーシッターは楽な仕事じゃない。一緒にいるかぎりはるみに目を配り、ちゃんと食事をさせ、目いっぱい遊ばせて、昼寝をさせる。

このひとといれば安心。

はるみにそう思ってもらうことがなにより大事だ。

『りん、ちゃん』

たどたどしく呼ばれた声を思い出し、口元がゆるむ。

ほっぺがふっくらしていて、髪は艶々《つやつや》して天使の輪が浮かんでいた。パフェをすくうスプーンを握る手はぷっくりしていて、ハーフパンツからのぞく短い足ももちもちしていた。全身丸ごと可愛いという言葉でできているような存在だ。

スーパーに勤め続け、国家試験の勉強を続けていくことを考える。人間関係がギスギスしているが、自分を頼ってくれるひともいる。パートの横山のように。

だけど、激務で神経も体力も摩耗《まもう》し、家に戻って勉強を続ける気力がなかなか湧《わ》かないのも事実だ。

その点、ベビーシッターに専念すれば、穏やかな時間の中ではるみとこころを交わし、自分の時間を取り戻すこともできるだろう。

はるみの昼寝を見守りながら、そっと参考書を開く時間もあるかもしれない。

どうしよう。どうしようか。

降って湧いた幸運に飛びつこうか。

それともいまの境遇を捨てず、仲間を守ろうか。

『最後はやっぱり自分を一番大事にしないといけないよ』

芹沢の言葉が脳裏に蘇《よみがえ》る。

自分を大事にする。

他人よりも？　自分を優先する？

自分が犠牲になれば、他人には楽をさせてあげられる。感謝されるのも嬉しいし、やり甲斐がないわけではない。

けれど、ほんとうにそれでいいのか。

毎日バイトで疲れて、ろくに勉強できない状態は本末転倒ではないだろうか。

「自分を大事に……」

他人の感情を優先してきたから、なかなか呑《の》み込めないけれど。

泡立てた髪を洗い流し、コンディショナーを丁寧に擦り込む頃、胸の中で答えは出ていた。

罪悪感は捨てきれないが、せっかくのチャンスだ。

たぶん、こんな幸運には二度と巡り会えないだろう。

なにより、はるみが懐いてくれたのが嬉しい。

全身に熱い湯を浴びて、ぶるっと頭を振った。

自分の道は自分で切り開かねば。

他人の顔色を窺う日々ともそろそろ卒業したい。

——新しい場所に、行きたい。

4

「辞める？　……まあいいよ、どうせすぐに次見つけるから。あ、でも最低二週間はいてよね。引き継ぎもあるんだしさ」

決心した翌日、バイト先の店長に告げると、あっさりそう返された。

「わかりました」

「あーあ、人手が足りないってのによく平気で辞められるよね。信じられないな」

事務室で横柄に煙草を吸う店長に頭を深く下げ、「すみません」と呟く。

容赦ない言葉がこころを抉《えぐ》るが、これぐらい、呑み込まないと。

二週間あれば周囲にも説明できるし、もし新人が入ってくれればなんとか引き継ぎもできる。

すぐさま芹沢に連絡をし、「はるみ君のベビーシッターをやらせてください」と申し出た。スマートフォンの向こうの彼は一瞬驚いたようだが、快諾してくれた。

『とりあえず、掛け持ちになる二週間の間は慣らしとして週一、二日でいいよ。いまついてくれてるベビーシッターもいるし。そちらには辞めてもらうことになるから、俺からも説明する必要があるしね』

「わかりました。残りのシフトでは月曜と木曜が休みなので、その二日間、はるみ君の面倒を見させてもらえますか」

『了解。けっして無理はしないようにね。時間も自由にしていいよ』

「じゃ、朝の九時から……六時か、七時ぐらいでどうでしょう」

『助かる。俺の出社は日によってバラバラなんだが、今後二週間はすこしゆっくりできるんだ。十一時に出社して、夜の七時頃には戻るよ。もし遅れそうなときは事前に電話する』

「わかりました。芹沢さんも無理しないでくださいね」

『ありがとう。ひとまず、次の月曜にいまのベビーシッターと会ってもらえるかな？　十時頃でいい。うちのほうでも引き継ぎがあるしね』

「はい。それでは、月曜の十時にご自宅に伺《うかが》います」

続いて彼から自宅の住所を聞いて愛用している手帳にメモする。

東京の下町である清澄白河《きよすみしらかわ》に住む凛のアパートから、芹沢のマンションは歩いて十五分ほどのところにあるらしい。

だから、あんな近くの公園でばったり出くわしたのだ。

「思ってたよりご近所さんでしたね」

『ほんとうだ。徒歩で来る？　自転車？』

「徒歩で行きます。はるみ君と一緒に散歩するためにも」

『早速嬉しい言葉をありがとう。今夜、はるみにも伝えておくよ』

それじゃ、またね。

温かい声を鼓膜《こまく》に残し、芹沢が電話を切る。背後からざわめきが聞こえていたから、きっと仕事中だったのだろう。

悪いことをしたなと反省しつつ、とにかく、次の月曜日に備えるため、今日は早く寝てしまおう。明日もバイトだ。

残り二週間、後悔のないよう働きたい。


あっという間にその日は来た。

約束した月曜の朝、六時には起きてシャワーを浴び、ハムエッグとトースト、サラダという簡単な朝食を摂り、早々に身だしなみを整えた。

ラフすぎても、かしこまりすぎてもよくないだろうから、長袖の黄色のコットンシャツにジーンズ、一応春物のオフホワイトのジャケットも羽織ることにした。

トートバッグにはエプロンと数枚のタオルも入れた。今日、はるみの世話をすることになったら汚れてもさっと拭けるタオルは何枚あってもいい。向こうの家にもタオル類はたくさんあるだろうが、念には念を。

そして、昨晩書いた履歴書もクリアファイルに挟んでトートバッグに入れた。

芹沢はひと目で自分を信用してくれたようだが、一応身分証明はしておいたほうがいいと考えたのだ。

名前と住所、電話番号。そしていままでの履歴。どんな学校を出てどんなバイトを経験してきたか。

中学高校大学と出たあとは、あのスーパーでずっと働いていたから書けることはすくなかったが、長所の欄には面はゆいながらも「細かいところに気がつきます」と書き添えておいた。

約束の三十分前に家を出てまっすぐ芹沢宅へ向かう。クリーム色の七階建てマンションは寺院の向かい側に建っていて、まだ真新しい。

清澄白河は寺院が多く、緑に囲まれた図書館や、幼稚園、保育園、小学校に大型スーパー、病院も揃っていて、ファミリー層に人気のある落ち着いた地域だ。

自転車の前に幼子を乗せて保育園に向かうのだろう男性を見送り、横断歩道を渡る。

マンションのエントランスに控えている管理人に芹沢を訪ねてきた旨《むね》を伝え、テンキーで芹沢の部屋番号を押すと、すぐに反応があった。

『いらっしゃい、いま開けるよ』

自動ドアが開いて中へ入ると、ゲスト用の広いロビーにはソファや観葉植物がセンスよく配置されている。

品のいい贅沢《ぜいたく》さに満ちており、嵌め殺しの大きな窓の外を流れる人工の小川に見入る。水のせせらぎが耳に心地《ここち》好い。

エレベーターで七階まで上がり、角部屋のチャイムを押す。ガシャリとドアバーが動いて、芹沢が姿を現した。

出勤に備えてか、ワイシャツにネクタイ姿だ。きちんとした大人の男を目の当たりにしてぼうっとしてしまう。

ヘアセットはまだなのか、すこしラフな前髪が逆に彼の端整な面差しを際立たせていた。

びっくりするぐらい黒のボストン眼鏡が似合う、と言いたい。

「おはよう、早い到着だね」

「おはようございます。遅れたらいけないと思って」

トートバッグからはみ出した大量のタオルに目を留め、芹沢は微笑む。

「準備万端だね、うちにもタオル類はたくさんあるけど、気持ちが嬉しい」

「なにかに役立てればいいなと思って。あの、これ」

「履歴書?」

クリアファイルを受け取った芹沢がその場で履歴書に目を通すのを、緊張しつつ見守る。

「丁寧にどうもありがとう。ますます君への信用度が上がったよ。問題はなし。一発合格です。さあ、ひとまず入って」

「ありがとうございます。お邪魔します」

短い面接を無事通過したことにほっとし、用意されていた新品のスリッパに履《は》き替えていると、廊下の最奥にある扉がきいっと開いて、「りんちゃん!」と弾んだ声が飛んできた。

ぱたぱたと駆け寄る三歳児は水色のパーカにハーフパンツという格好だ。靴下を片方しか履いていない。芹沢に履かせてもらっていた最中なのだろう。

くすりと笑い、足元にじゃれつくはるみを抱き上げ、「おはよう、はるみ君」と笑いかける。

「靴下、もう片方は?」

「ここ。りんちゃん、はかせて」

「いいよ」

その場にしゃがんで両肩に摑まってくるはるみに靴下をきちんと履かせてやる。膝まで引き上げると、「ありがと」とはるみがにこにこしている。

「すまない、早速仕事させてしまったね。ちょうど着替え中だったんだ」

「いえいえ、これぐらい。……あの、これまでのベビーシッターさんとはいつお会いできますか？」

「今日、俺が帰ってからだな。夜の七時頃になると思う。それまではるみをお願いできるかな。ちょっと長い時間になってしまうけど」

「構いません。がんばっていいベビーシッターになります」

意気込むと、ふふ、と笑って芹沢が頭をくしゃりとかき回してきた。そして、自分のしたことにハッと気づいたようで、「すまない、はるみによくするから」と照れくさそうに言う。

「いえ、あの……」

思いがけず心地好かった。

大きな手のひらで髪をやさしくかき混ぜられるなんて、いつぶりだろう。叔母夫婦のもとで育った頃、小学校ぐらいまでだろうか。

あれも温もりがこもっていたけれど、芹沢のそれはまた違う。

芯から愛おしむような手つきで、地肌までくすぐっていった。

ずっと覚えていたい感触だ。

「あ、あの、そろそろ出勤の時間ですよね。僕はなんとかしますから、お気になさらずに」

「任せちゃっていいかな？　支度の途中だったんだよね」

言うなりネクタイをきゅっと三角に結び、芹沢はサニタリールームに駆け込む。

「それぞれの部屋のことははるみに聞いてくれ、どこに入っても構わないから」

「わかりました」

髪を撫でつけ、仕事の顔になった芹沢が使い込んだ鞄を提げて玄関に向かう。

その背中に触れたいなと自然に思う。

ぽんと叩いて、「いってらっしゃい」と言いたい。けれど、まだ初日だ。軽率に触れるのも図々しいだろうと一歩後ずさり、靴を履いた彼の背中に向かって声をかけた。

「気をつけて、いってらっしゃい」

不意に振り向いた芹沢が目を瞠り、破顔一笑《はがんいっしょう》する。

「うん、いってきます。早く帰ってくるから」

「はい」

「ぱぱー、いてらしゃい！」

凛の足元にすがりつくはるみがちいちゃな手をひらひらさせる。

それに手を振り返し、芹沢は出ていった。

「さてと、はるみ君、なにして遊ぶ？」

「あのねー、おへや、あんないするね」

はるみに手を引かれ、廊下を歩く。

4LDKはあるだろうか。まずはサニタリールームとバスルームを見せてもらい、次に寝室へ案内してもらった。

広い寝室にはダブルベッドが置かれている。半端に開いたカーテンをしっかり全開させ、春の陽光をたっぷり取り込んだ。

「こっちはおだいどころと、りびんぐ。はーちゃん、いつもここであそんでる。あとはね、おきゃくさまようのおへやがあるよ」

「広いんだねぇ。どこも綺麗だ」

そうは言ってみたものの、先ほどのサニタリールームには洗濯物が山積みだったし、キッチンには朝食に使っただろう食器が洗い桶に浸かっていた。

仕事から帰ってきたら片づけるつもりなのだろう。

――気になるから、あとで片づけちゃおうかな。

部屋の掃除は好きだ。１Ｋ住まいだから小まめに片づけておかないとすぐに足の踏み場がなくなるのだ。

それに比べると、この４ＬＤＫは片づけも掃除もし甲斐がある。

初日から洗濯物を弄《いじ》ったら嫌がられるだろうか。でも、ランドリーボックスにシャツや下着が山となっていたし。食器も早く洗ってしまったほうがいい。

はるみの遊び相手をする中で、隙《すき》を見つけ、押しつけがましくならない程度に片づけよう。

リビングは二十畳以上あり、片隅にはカラフルなプレイマットが敷かれ、ちいさな滑り台をはじめとしたさまざまな玩具が揃《そろ》っていた。

「はるみ君、ここでよく遊ぶの？」

「はーちゃん」

はるみがきゅっと手を伸ばしてジーンズを摑んでくるのでしゃがみ込み、目線を合わせる。

「ん？」

「はーちゃんて、よんで」

「……はーちゃん？」

「うん！」

はるみはぱっと顔をほころばせ、ばふっと抱きついてくる。人見知りだと聞いていたが、相性がいいのだろうか。だとしたら、嬉しい。

「はーちゃん、今日の朝ごはんはなに食べたの？」

「んとね、おにぎりとたまごやき。ぱぱ、たまごやきつくるのじょうずなの」

「そうなんだ。僕も美味しいたまごやき作れるよ」

「ほんと？　たべたい」

「今度作ってあげるね。さてと、なにしようか」

「かくれんぼ！」

元気いっぱいな声に頷き、じゃんけんをする。

はるみが最初に隠れることになった。

家の中ならどこでも、ということになったので、凛が両手で目を隠して「いーち、にーい、さーん」と数えている間に、ちょこまかとどこかへ走り去っていく。

「しーち、はーち、きゅう、……じゅう！　もういい？　はーちゃん、もういいかい？」

「いいよー」

遠くから声がかすかに聞こえてくる。

どこだろう。早速リビング内を探して回る。

L字型のソファの裏側、テレビボードの裏側。

背の高いパキラの裏側にもちいさなはるみの姿はない。ドレープたっぷりのカーテンをめくってみても、そこには見当たらない。

「どこだろ」

オープンキッチンをのぞいてみても、冷蔵庫や食器棚の陰にはるみはいない。

「あ、食器」

かくれんぼが終わったら食器を洗おう。

ひとまずははるみを見つけるのが先だ。

「はーちゃん、どこー?」

それぞれの部屋も見て回ることにした。ゲストルームはベッドとチェストだけだ。ここ最近使われた形跡はなく、綺麗なものだ。

ただ、チェストの上にうっすら埃《ほこり》が積もっているのを見て取ったので、あとでさっと掃除しようとこころに決める。

——厚かましくならないように。

サニタリールームにもはるみはいなかった。トイレにも、ベッドルームに入るのにはなんだか恐縮したが、そっと足音を忍ばせて中の様子を窺ってみる。

芹沢の脱いだパジャマが放ってあることに微笑み、手に取って軽く畳んだ。そこでふと気づいた。

毛布の隅っこがちいさく、こんもりと盛り上がっている。

「……はーちゃん？」

枕が押し込まれているのかもしれないと思った毛布をちらりとめくると、はるみが俯せに丸くなっている。

まるで猫がこたつにもぐり込んでいるような格好に笑いだしてしまった。

「みーつけた」

「あー。みつかっちゃったー。ここならみつかんないとおもったのに」

「ふふ、毛布が盛り上がってたよ」

「ここね、ぱぱとたまにいっしょにねるところなの」

「そうなの？」

「うん。はーちゃんはちゃんとひとりでねむれるけど、たまにぱぱといっしょにねるのだいすき。ぱぱのにおいする」

毛布をぎゅっと抱き締める姿が愛おしい。

「パパ、帰ってくるのが遅いこともあるでしょう。そういうときはどうしてるの」

「はーちゃんがさきにおふとんにはいって、ぽかぽかにしとくの。そうするとね、ぱぱ、よろこぶ。ぎゅってしてくれる」

「いいな、羨《うらや》ましい」

仕事で遅い帰りになった芹沢が急いで風呂に入り、子ども部屋で眠っているはるみの顔に見入る。

そうして、横向きになってきゅっと拳を固めたはるみをやさしく抱き締めるのだろう。

はるみは夢の中でも、その感触をきっと覚えている。髪をそっと梳《す》かれ、背中を大きな手で撫でられる。

芹沢だったらはるみを丸ごと抱き締めて眠りに就《つ》くのだろう。はるみもそのことに安心して広い胸ににじり寄り、深い眠りに落ちていく。

どんな夢を見るのだろう。

芹沢と一緒に遊ぶ夢か。それとも、亡くなった母親のことも夢に出てくるだろうか。

毛布を頭からかぶってにこにこしているはるみを見ていたら胸が締めつけられ、思わずぎゅっとかき抱いた。

「りんちゃん」

「……パパの代わりにはならないかもしれないけど。なんだかはーちゃんをぎゅってしたくなっちゃった」

「はーちゃんも」

短い腕を精いっぱい伸ばして抱きついてくるはるみの額にこつんと額を合わせ、笑い合った。

他愛ない、けれど大切な時間。

幼いはるみには過剰なぐらいの愛情が必要だ。

温かい体温を欲しているのだろう、はるみがすりすりと肩に頭を押しつけてくる。その甘えた仕草に胸を温かくし、抱き上げた。

「こんどは、りんちゃんがかくれて。ぜったいみつけるから」

「わかった。がんばって隠れるよ。じゃ、ここで目を閉じて数を数えてくれる？」

ベッドに下ろすと、正座したはるみがもみじみたいなぷくぷくした両手で目を隠し、「いーち、にー……」と数え始める。

どこに隠れようかと思案し、そうだと思いついてバスルームに飛び込む。

昨晩使って湯を抜き、軽く掃除し終えたらしいバスタブは乾いている。

そこに身体をひそめ、風呂の蓋《ふた》を半分だけ閉じる。

「……じゅう！　りんちゃん、もういい？　かくれた？」

「もぅいいよー」

声を張り上げ、また身体を丸くして蓋の陰に身体を縮こめる。

うろうろと凛を探して歩き回るはるみの気配がする。

バスルームを通り過ぎ、リビングへ向かったようだが、どこにもいないとわかったのだろう。

もう一度足音が戻り、ひょこっとバスタブの中をのぞき込んできた。

ぱっと顔を上げると、「みーつけた！」と嬉しそうな声が跳ね上がる。

「残念、見つかっちゃった。ここならバレないと思ったんだけど」

「えへへ、はーちゃんかくれんぼとくいなんだ。またやろうね。えっとね、つぎはね……すべりだい！　あ、つみきもしたい。あ、おままごともしたい。こうえんもいきたい」

次々に溢《あふ》れ出てくる要望にうんうんと頷き、「わかった」と丸い頭を撫でる。

「全部やろうね」

「ほんと？　はーちゃんと、あそんでくれる？」

「うん、絶対」

「やくそくしてくれる？」

「約束する。また指切りげんまんする？」

「する」

かがみ込んではるみと目を合わせ、小指と小指を絡め合う。

凛の三分の一ほどしかない指がそっと絡みついてくる。そして、ぶんぶんと振り回された。

「はりせんぼんのーます、ゆびきった！　……ねえりんちゃん、のどかわいたあ」

「じゃ、なにか飲もうか。冷蔵庫になにかあるかな？」

「おれんじじゅーすがあるよ。りんちゃんもいっしょにのも」

「了解」

「りょうかい？」

「わかったよ、ってこと」

「りょうかい……りょうかい！」

ぱっと両手を上げるはるみと一緒にキッチンへ向かい、冷蔵庫からオレンジジュースのパックを取り出す。はるみにはストローと取っ手がついたプラスティックのマグカップに注ぎ、自分は水切り籠に置いてあったグラスを借りることにした。

ちゅうちゅうと熱心に飲んでいるはるみがぷはっと息を吐き出し、「おいしいねえ」と相好《そうごう》を崩す。

「ほんとだね。すごく美味しい。こういうのもパパが全部買ってきてくれるの？」

「ううん、……し、したーさんがおかいものしてくれる」

凛の代わりに辞めるというベビーシッターのことだろう。どことなく緊張した顔つきのはるみに気づき、「今度、一緒にお買い物行こうか」と誘ってみた。

「はーちゃんもつれてってくれるの……？」

「うん。一応パパに訊いてからだけど、たぶんいいよって言ってくれると思う」

「いきたい！　あのね、ばななかいたい、あとりんごも。はーちゃん、おかいものしてみたい。きいろいかご、もちたい」

「よし、あとでパパが帰ってきたら訊いておくね。ジュース飲み終わった？　ちょっと休んだら積み木遊びしようか」

「うん！」

プラスティックのマグカップを両手で差し出してくるはるみの顔は喜びに輝いていた。


夜の六時半を過ぎた頃に芹沢が帰ってきた。

「ただいま、はるみが迷惑かけなかった？」

心配そうな第一声に笑い声を上げてしまった。

「とっても楽しい一日でした。ちゃんとお昼ごはんも食べてくれたし、お昼寝もしたし、公園へ散歩にも行きましたよ。芹沢さんもお疲れさまです」

「ありがとう、初日からずいぶんとよくしてくれて」

「とんでもないです。はーちゃん、とてもいい子でしたよ。あ、お昼寝中に『パパ』って何度か呼んでました」

「そうなんだ」

微笑むけれども、芹沢はすこし寂しそうだ。

「やっぱり可哀想なことをしてるよね。俺は仕事でほとんどいないし、保育園にも空きがなくて同い年の友だちもなかなか見つけられないし……」

「僕ががんばります。公園にもできるだけ通って、同じ年頃のお子さんを見つけたら、ママさんに話しかけてみますよ。友だちになってくれないかって」

「……うん。任せっきりでごめん。そういやはるみは？」

いつもだったら「ぱぱー！」と駆け出てくるはるみの姿がないことに芹沢は不思議そうな顔をしている。

彼から鞄を預かり、「いま、ちょっとお休み中です」と返した。

「お昼寝が一時間程度で、それ以外はずっとはしゃいでいましたから。遊び疲れたんでしょうね。もうすこし寝かせてあげておこうかなと」

「そうか。じゃ、夕食ははるみが起きてから一緒に食べよう。俺がありものでなにか……」

「あ、あの」

耳を熱くして、凛はうつむく。

「勝手なことをしてしまったんですが、簡単に部屋の掃除と洗濯と……あと、冷蔵庫の食材で肉ジャガ、作っておきました」

「君が？　ほんとうに？」

「出すぎた真似をしてほんとうにすみません。芹沢さん、お忙しいだろうなって思って。あ、でも、下着類はべつのバスケットに入れてあったから、そっちに手は出してません。さすがに失礼かなと思って……」

「いや、ありがとう。助かったよ。キッチンは朝食べたままだったし、洗濯物も掃除も週末にまとめてやろうかなと思ってたところだった。下着類はあとで洗濯するから大丈夫」

そこで芹沢は腕を組む。

「……最初ははるみのベビーシッターとして依頼するつもりだったけれど、ここまで丁寧にやってくれるなら、ベビーシッター兼ハウスキーパーとして直接契約を結ばないか？　そのほうが俺としても遠慮なくギャラを弾めるし。君に異論がなければ」

「いいんですか？　僕としてはほんのお節介のつもりだったんですけど」

「いやいや、ほんとうにありがたいよ。なにもかも任せきりにするのは申し訳ないから、できる範囲内で構わない」

「僕のほうは問題ありません。逆にお気を遣わせてすみません」

「こちらこそ。あとでちゃんと契約書を交わそう」

「はい。それと、今度はーちゃんをスーパーに連れていってもいいですか？　一緒にお買い物したいなと思って」

「もちろん。君が迷惑じゃなければ」

「はーちゃん、喜びます」

ジャケットを脱いだ芹沢が腕時計に目を落とす。

「そろそろ来る頃かな。さっきメールがあったし」

「あ」

もしかして、辞めてもらうというベビーシッターだろうか。

新旧が顔を合わせるのはいささか気が詰まるけれど、はるみの責任を持つという点でもしっかり挨拶をしておきたい。

紅茶を淹《い》れる準備をし、芹沢とふたりでリビングで待っていると、七時過ぎにチャイムが鳴った。

インターフォンで相手を確認し、「こんばんは。いま開けるよ」と芹沢がオートロックを解錠する。

ほどなくして現れたのは、目を瞠るほどに美しい男だった。

川奈基《かわなもとい》という名前だと、前もって芹沢が教えてくれていた。

オフホワイトのパーカとジーンズという出で立ちの川奈は隙がなく、とてもベビーシッターには見えない。

「こんばんは、芹沢さん」

「川奈君、わざわざすまない、足を運んでもらって」

金色に近い髪は肩につくほどの長さで、ゆるくハーフアップにしている。切れ長の目といい、通った鼻筋といい、薄めのくちびるといい、完璧な美形だ。

自分と似た甘い香りがすることに、――彼もオメガだと気づく。抑制剤を飲んでいるだろうけれど、発情期が近いようだ。

「とりあえず部屋に上がって……」

「いえ。ここで。俺、ベビーシッターを解約されるんですよね。いつですか」

「……二週間後だ」

「わかりました。それまでは変わらずはるみ君のお世話をします」

公園で、『はるみくーん』と呼んでいたのと同じ声だが、いまは冷ややかに聞こえる。

「申し訳ない……公園ではるみから目を離していることが何度かあったようだし、あの子もなかなか懐けなくて」

川奈は表情を動かさず、ひとつ息を吐く。

「……はるみ君の怪我に気づけなかったのも俺の責任ですし、仕方ありません。こちらこそ、役目を全うできずにすみませんでした」

そこでちらりと芹沢の背後に立つ凛に視線を移す。

「彼が次のベビーシッターですか？」

「ああ、乃南君という。はるみが膝を擦り剝いたときに絆創膏を貼ってくれたひとなんだ。以前から公園ではるみを見かけていたらしくて、その縁で」

「縁とは奇妙なものですね」

シニカルな笑い方をする川奈の真意を読み取ることはできず、ただただぐっと息を詰めていた。

「これまでありがとうございました。すこしの間でもはるみ君と一緒にいられて、楽しかったです」

「約束どおり、ギャラは最終日に口座に振り込むよ。ほんとうに世話になった。……次の仕事は決まってるかい？」

「心配しないでください。こういう顔なんで、いくらでも仕事にはありつけます。それじゃ、俺はもう帰りますね」

一礼して、川奈は部屋に上がることなく去っていった。

十分にも満たなかっただろうか。あっさりとした交代劇に啞然《あぜん》としていたが、芹沢が肩をついてきて、「お茶でも飲もうか」と誘ってくる。

「俺が淹れるよ」

「あ、僕が……」

「いやいやこれぐらいは」

徹頭徹尾冷静だった川奈にどことなくショックを受け、悄然《しょうぜん》とした足取りで芹沢のあとをついていく。

ソファに座って、とうながされたので、ぽすんと腰を下ろす。すこししてから、芹沢がティーカップをトレイに載せて運んできた。

ソーサーを受け取り、「いただきます」とお礼を言う。

ほんのり甘い香りがする。

「ひと匙《さじ》だけ砂糖を入れたんだ。君にもびっくりさせてしまったからね」

「ありがとうございます。……川奈さん、綺麗な方でしたね」

「うん、オメガなんだがアルファと間違えられるぐらいの華やかさがある子だよね。けっして悪い人物ではなかったんだが、はるみとの相性がよくなかったのかもしれない。俺もひとを見る目はまだまだだな」

隣に腰掛けた芹沢が湯気を立てるティーカップに口をつけ、ふっと息を吐く。

「川奈君には申し訳ないことをしたが、はるみのことがなにより一番だしね。偶然にも君がはるみを気に懸けてくれて、あの子も懐いてくれて……渡りに船と言ったら怒られるかもしれないけど、ほんとうに助かったよ。ありがとう」

「そんな、僕のほうこそ。転職を考えていたところだったから、はーちゃんの子守り役を任されたのはありがたいです」

「はーちゃん、か。あの子がそう呼んでって言った？」

「あ、はい、あの、はるみ君と呼んだほうがいいですか」

「いや、はーちゃんでいいよ。いままでのシッターは皆、『はるみ君』と呼んでいたんだ。あの子も、自分のことを『はーちゃん』と呼ばせるのを許したのは君だけだよ。それだけ、信頼している証拠だね」

「……だったら、嬉しいです」

じわりと喜びが胸に染み込んできて、甘い紅茶を啜《すす》った。砂糖の甘みが神経をほっとさせてくれる。

眼鏡を外し、眉間《みけん》を揉《も》み込む芹沢が振り返り、微笑む。

「これからどうぞよろしく。我が甥ながら、はるみはいい子だから。君の負担にならない程度に相手をしてくれたら嬉しい」

「全力で相手しちゃいます」

握り拳を作って意気込むと、ふっと笑いだした芹沢がくしゃっと髪を撫でてきた。

「あ……」

「あ」

今朝の再現だ。

よほどはるみの頭を毎日撫でているのだろう。

癖になってしまっているそれをどう受け止めればいいのかわからずに、顔中真っ赤になってしまう。

すぐに手をどけるかと思っていたが、裸眼の芹沢は目を細め、くしゃくしゃと撫で続ける。

幼い子ども相手にしているのとはすこし違う、深い情がこもったものに思えた。

「君は、いい子だね」

やさしい声がまっすぐ胸に飛び込んでくる。

「いい子だなんて……そんな、……ただ僕にできることをやっているだけで」

「それがすごいことなんだよ。保育士を目指していること自体だってすごいし、スーパーとの掛け持ちも頑張ってるのに、はるみを本心から可愛がってくれる。俺がいない間のことを考えると苦しくて仕方なかったんだが、これからは……すこし安心できると思う。あの子にはしあわせに育ってほしくて」

「はい、僕もそう思います。だから全力で――」

言葉を続けようとしたときだった。不意に芹沢が顔を傾けてきて、そっとくちびるを重ねてくる。

やわらかで甘く、熱い感触に目を瞠る。

瞼を閉じることもできなかった。

――キス、されてる。

一瞬だけ触れたくちびるが離れると、途端に寂しくなる。

思わずすがるような目つきをしたのが芹沢にも伝わったのだろう。

今度はもっと深くくちびるがぶつかってくる。

「……ん……」

羽が触れるようなやさしいくちづけに意識が蕩《とろ》けてしまう。

――さっき、川奈さんが帰ったばかりなのに。それに、はーちゃんもいる。

「っ、せり、ざわ……さん」

あとすこしすれば本物のキスに変わりそうな寸前で彼の胸を両手で突っぱね、「は、はーちゃんが……起きてくるかも、しれないから……」と声を掠《かす》れさせた。

その言葉に芹沢もはっとした顔になる。それから耳先をじわじわ赤らめ、「ごめん」とかすかに呟いた。

「ほんとうにごめん、突然。……君がその、とても可愛く思えたから」

「僕なんか……ただのオメガです」

「とりわけ繊細でやさしく、綺麗な乃南君だよ。オメガだからってキスしたわけじゃない」

確信を込めた声に、思わずこころが揺さぶられる。

芹沢がアルファだから、自分がオメガだから、抗えない力でキスされたのだと思ったのだ。

「君がいいなって、思ったんだ」

告げられた言葉に、ぽうっと胸に火がともる。

それでもまだ混乱していて、これが淡い想いの始まりなのか、それともいきなりのキスによる衝撃なのか、判別ができない。

「……はーちゃんのため、だからですよね」

いまはそうしておいたほうがいい。そのほうがいい。一気に想いを加速化させると火傷してしまう気がしたから。

それは彼もわかっているのだろう。名残惜《なごりお》しそうな顔をしていたが、やがて「うん」と笑って頷いた。

「紅茶、冷めてしまったね。淹れ直そう」

「あ、いえ、でもそろそろ僕、帰ろうかなと」

中腰になりかけたとき、リビングの扉がきいっと開き、パジャマ姿のはるみが姿を現す。まだ眠いのだろう。目元をちいさな拳でごしごし擦っている。

お気に入りの子ども用ブランケットをずるずる引きずる姿は、絵本の主人公のようだ。

「……ぱぱ……りんちゃん……」

「起きたかはるみ。ちゃんと眠れたか？」

「うん……まだちょっとねむい……でもおなか、へった」

「はは、やっぱりお腹が減っていると目が覚めてしまうよな」

はるみを軽々抱き上げてぽんぽんとその丸い背中を叩き、「ね」と芹沢がにこやかな顔を向けてくる。

「肉ジャガ作ってくれたんだろう？　せっかくだから、三人で食べないか」

「りんちゃん……いっしょに、たべたい」

芹沢の胸にもたれて甘えながらも、はるみが手を伸ばしてくる。そのぽかぽかした手を握ったら、離せなくなってしまった。

「じゃあ、……お言葉に甘えます」

芹沢が嬉しそうに頷き、はるみはにっこりしていた。

5

二週間の掛け持ちバイトはなかなかハードだったが、なんとかやり遂げた。

最後の最後まで店長に嫌味を言われたのは閉口したし、素っ気ない同僚に挨拶してもたいした反応は得られなかった。

ただ、あのシングルマザーの横山だけが別れを惜しんでくれた。

今日でバイトも終了という日、バックヤードで横山からブラウンの可愛いプリントが施された紙袋を手渡された。

「これ、たいしたものじゃないんだけど。私が焼いたパウンドケーキなの。乃南君、クルミ好き？」

「大好きです」

「よかった。クルミをぎっしり詰めて朝焼いたばかりだから、よかったら食べて。いままで、ほんとうにありがとう。乃南君と一緒に働けてよかった」

「こちらこそ……こんなことまでしていただいて、感激です。ありがとうございます」

ふと目頭が熱くなる。

見てくれているひとは、いたのだ。

受け取った紙袋はまだほんのり温かく、封を開けるとクルミの香ばしくいい香りがする。

「早速、帰ったらいただきますね」

「うん。あ、次のバイトってベビーシッターさんなんだよね？　子育てで困ったことがあったらいつでも相談に乗るから、いまさらだけど連絡先交換しない？」

「ぜひぜひ。現役のお母さんのアドバイス、絶対役立ちます」

スマートフォンのアドレス交換をし、ついでに彼女の子どもの写真も見せてもらった。

彼女を真ん中に、もちもちしたほっぺをくっつけ合う兄弟の笑顔が微笑ましい。

「すごく可愛い。ふたりともお母さん似なんですね」

「へへ、私なんかよりもっともっと出来のいい子に育ってほしいけど。そういえば私も次のパート先が決まったの」

「そうなんですか！　よかった。どんなお仕事ですか」

「校正の仕事。独身の頃、出版社を掛け持ちしてフリーランスでやってたの。結婚して、子どもを産んでしばらく休んでたんだけど、当時からのつき合いがある編集さんにいまの状況を話したら、また校正者をやってみないかって。家でできる仕事だから子どもたちとも一緒にいられる時間が増えるし、私、なにより本が大好きだから。このスーパーとはまた違う大変さがあるけど、スキルはあるからなんとかできると思うんだ」

「だったら、お互いに卒業ですね。……おめでとうございます」

「ふたり揃って、ね」

くすりと笑って目配せし、パウンドケーキが入った紙袋を胸に抱え、深く頭を下げた。

「お世話になりました。また、連絡します」

「うん、お互いに」

「はい」

横山と出会えただけでも、このスーパーに勤めてよかった。

軽い足取りで店をあとにし、いったん自宅に帰ろうかと思ったが、せっかくだから芹沢宅に寄っていこう。以前までのシッターだった川奈は昨日が最後だった。

今日の芹沢は休みで、家ではるみと過ごすと聞いていたし、合い鍵も預かっている。午後三時、訪ねていっても問題ないだろう。このケーキをおやつにしてもらおう。

念のために電話をかけてみると、すぐに芹沢が出てくれた。

「もしよかったら、これからお邪魔してもいいですか?」

『もちろんだよ、おいでおいで』

ふたつ返事で快諾されて胸が弾む。「すぐに行きますね」と応えて電話を切った。

芹沢宅を訪ねれば、嬉しげな顔のはるみが飛び出してきた。

「りんちゃん、きたー」

「こんにちは、芹沢さん、はーちゃん」

「よく来たね。上がって。これからおやつの時間にしようと思っていたところなんだよ」

はるみがテテテと近づいてきて、じいっと見上げ、きゅっと凛の手を摑む。ちいさな指を絡められるといつも胸がふんわりする。頼られているのだなと思い嬉しくなる。

「なんか……いいにおいする。なに?」

「パウンドケーキ。クルミが入ってるんだ。はーちゃん、クルミ好き?」

「すき!　ぱぱもすきだよ。ね」

「大好物だ。どうしたの、自分で作ったのかい?」

「いえ、いただいたんです。今日でスーパーのバイトが終わったので、同僚の女性に」

「お、モテモテだな、凛君は」

「そんなのじゃないですよ。シングルマザーでふたりのお子さんをしっかり育てている方なんです。そのひとが職場で唯一こころを許せる相手で。お互い、あのスーパーを卒業することになったんで、お祝いをいただいちゃいました。よかったらみんなで食べませんか」

「いいね、早速いただこう」

「なにか他に食べる予定だったとかは？」

「いや、コンビニで買ってきたビスケットを食べようかなと思ってたんだ。それよりもクルミケーキのほうが魅力的だ」

「じゃ、キッチンをお借りしますね」

凛のために用意された水色のスリッパを履き、室内に上がる。最初に来た頃より、キッチンはだいぶ綺麗だ。

はるみの世話に来るたび、すこしずつ家事の範囲を広げていたのだ。

ベビーシッター兼ハウスキーパーとして月に二十万円という報酬に、「もらいすぎです」と一度は遠慮したのだが、「もっともらってほしいぐらいだよ」と切り返されたので、ありがたくサインすることにしたのだった。

週五日ここにやってきてはるみの世話をし、土日は休む。忙しい編集者である芹沢も週末は休みだというので、それに沿うことにした。もちろん、なにかあればすぐに駆けつけるつもりではある。

細々とした家事をこなしていくのは苦にならなかったし、綺麗に片づいた部屋に仕事から帰ってきて喜ぶ芹沢の顔を見るのがなにより嬉しい。

すぐに玩具を散らかすはるみのためにも、こまめな掃除は必要だった。

キッチンに入り、袋から長細いパウンドケーキを取り出す。ラップでくるまれているそれを包丁で切り分けようとしていると、隣に芹沢が立った。

「手作りのケーキなんて久しぶりだな。子どもの頃以来だ」

「芹沢さんのお母さんかお父さんがお料理上手だったんですか？」

「父がお菓子作りに熱中していたんだよ。和食や洋食は母のほうが得意だった。学校から帰ると、朝、仕事に出かける前に父が作ったクッキーやケーキを食べるのが楽しみだったな。たまに凝ってマカロンなんて洒落《しゃれ》たものを作ることもあったよ」

「いいお父さんですね」

はるみはリビングのソファに座り、テレビの子ども番組に見入っている。賑やかな音を聞きながら、包丁を握ると、芹沢がそっと寄り添ってくる。

「……甘い香りがする」

「ケーキ、ですか？」

「違う。君からだ」

突然胸がばくばくと弾み、ケーキを切り分ける手が震える。

「ヒートが近いのかな」

「……はい。抑制剤を飲んでるから大丈夫だと思います。体調管理、しっかりしますね」

懸命に声を振り絞り、すこし固めに焼いてあるケーキを切り分けて花模様のついた絵皿に載《の》せる。自分と芹沢にはふた切れずつ、はるみにはひと切れを半分に切ってふたつ並べた。

大人と子どもの食事の量に差をつけると、幼子でも敏感に気づくものだ。『ずるーい、もっとたべたい』と言われないようにあらかじめはるみ用にケーキを丁寧に盛りつけると、「気が利くな、君は」と芹沢が目尻をやわらかくする。

そして、包丁を離した手にそっと触れてきた。

びくんと身体が強張る。

嫌だというのではない。

この間の甘いキスを思い出したせいだ。

「覚えてる？」

「……忘れるはずが、ありません」

ようよう掠れた声を出した。

脇に下ろした手を、芹沢がやさしく握り締めてくる。

すりっと指先を焦《じ》れったく擦《こす》られ、頭に血が上りそうだ。

指と指を深く絡みつけられ、谷間を密着させる仕草にかっと頬が熱くなり、じっとしていられない。

「……はーちゃんが、います」

「これぐらいなら気づかれない」

キッチンカウンター下で指先のいたずらはじわじわと続き、急激にヒートを起こしそうだ。

ただからかっているのか、それとも愛撫のつもりなのか。

どちらとも判別がつかない指先がしっとりと汗ばみ、無意識に自分からも絡みつけてしまう。

「凛君」

耳元で低く囁《ささや》かれ、その甘さにぞくんと背筋を震わせるのと同時に、素早く頬にくちづけられた。

くちびるが触れたのは、ほんの一瞬。

ささやかな熱を頬に残されて唖然とする凛に、芹沢は微笑み、「冗談でしたことじゃないから」と言って皿をトレイに載せ、「はるみ、お待たせ」とキッチンを出ていく。

いまのはなんだったのだろう。

どう捉《とら》えたらいいのだろう。

そもそも、最初から胸が高鳴る男だった。そんな相手にキスされて、指先を握られたら、どうしたって意識してしまうではないか。

「わーい、けーき、けーき」

喜ぶはるみの声に我に返り、まだ熱い頬をごしごし擦って凛もリビングへ向かう。

はるみを真ん中にして、芹沢が左側、凛は右側に座る。

子どもがいる場所なら、そう大事にはならないだろう。

クルミケーキは外側がさくさく、内側はしっとりと甘く、とても美味しい。

ふんだんに盛り込まれたクルミの歯触りが楽しいのだけれど、頭の後ろ半分では先ほどの熱を反芻《はんすう》していた。

『冗談でしたことじゃないから』

彼はそう囁いた。

だったら、どういう意味だったのだろう。以前のキスも、今日の軽い愛撫も。

いっそ冗談だったら、『からかわないでください』と言い返せていただろう。けれど、芹沢の声に躊躇《ためら》いはなかった。

どうかすると真剣そのものだった。

……告白の、一種なのだろうか。

最初に出会ったときのことを思い出す。

目と目が合った瞬間、全身を稲妻《いなづま》のような痺《しび》れが走り抜け、あとには言葉にしようのない陶酔《とうすい》感に呑み込まれた。

芹沢とは、運命の番なのだろうか。

そんなもの御伽噺だと思っていたのに。

だけど、彼と一緒にいるとこころから安堵すると同時に、身体の奥底が甘くぴりぴりと刺激されるのだ。

どうにか近づきたい。触れてみたい。

熱を感じてみたい。

本能ではそう思うものの、実行に移すことは容易ではない。

卑怯かもしれないけれど、彼から触れてくれたら、と思うのだ。そのたび驚くし、反論めいたことも口にするだろうが――けっして嫌ではない。

なにせ、甥であるはるみを心《しん》から可愛がっているひとだ。その本心を疑うことはしたくない。

だいたい、はるみも人見知りをするというたちで、叔父である芹沢が見せかけの愛情を示していたらきっと懐かなかっただろう。

そのはるみが、いま、クルミケーキのスポンジが付いた口元を丁寧にティッシュで拭われ、笑い声を上げている。

こころを許しているなによりもの証拠だ。

ケーキを食べ終えたはるみと腹ごなしに三人でかくれんぼをし、凛が鬼となり、芹沢を一番初めに見つけたところで、インターフォンの呼び出しがあった。

「宅配かな？」

自らインターフォンに出た芹沢が、液晶画面を見るなり、「飯野《いいの》じゃないか」と驚きの声を上げる。

『取材から直帰していいってことになったんで、久しぶりにはるみ君の顔を見に来たんだ。いま大丈夫か？』

「ああ。おまえにも紹介しておきたいひとがいるんだ。上がってくれ」

『おっ、誰だ誰だ。とうとう恋人でもできたか』

くすりと笑い、芹沢がオートロックを解除する。しばらくして部屋のチャイムが鳴り、芹沢とはるみが一緒に迎えに出た。

「いきなり来て悪かったな。これ、はるみ君の好きなマドレーヌだ。おやつにどうだ？」

現れたのは端整な顔立ちの芹沢と真逆のような男だ。

芹沢よりいくらか身長が低いものの、スポーツで鍛えているのだろう。がっしりした体軀に、穏やかそうな面差し。くりっとした丸い目は愛嬌がある。

暑がりなのか、ジャケットを小脇に抱え、マドレーヌの入った箱をはるみに渡すと、「ありがとう」とはるみも照れくさそうに笑う。

「でも、はーちゃん、さっきおやつたべちゃった」

「そのマドレーヌ、日持ちするから明日か明後日にでも食べなよ。美味しいぞ。飯野のイチオシ。ところで、その隣の美人は？」

飯野の視線が自分に定まったところで、かっと頬が熱くなる。美人という直接的な言葉で褒められるのには慣れていない。

ただ、飯野から悪意は感じられなかった。

目にしたものを素直に口にするタイプのようだ。

「俺の同僚で、同じ社会部の編集者、飯野陽二《ようじ》だ。第二性はベータ。がさつで突拍子もない奴だけど、悪い人間じゃない。はるみのことも可愛がってくれる」

「はじめまして——あの、最近、はるみ君のベビーシッターになった乃南凛と申します。以後、よろしくお願いいたします」

「そうなのか。はるみ君、ずいぶんと君に懐いてるようだな。さっきからずっとべったりだ。飯野のおじちゃんにももっと抱きついていいんだぞー」

「いいのおじちゃん、たばこのにおいするもん」

やだやだと頭を横に振るはるみにくすくす笑い、ともかく部屋に上がってもらうことにした。

リビングに入るなり、飯野が感嘆の声を上げる。

「おー、久々に来たらずいぶんと綺麗になってんなあ。とうとうこころを入れ替えて家事にも力を入れるようになったか」

「いや、お恥ずかしいことにほとんどを凛君が担ってくれているんだ。掃除も、料理も、洗濯も」

「ほんとか？　そのうえではるみ君の世話を？　おまえ、思ったよりだいぶ彼に世話になっているじゃないか。ギャラ、弾めよ」

「もちろん。ボーナスも出すつもりだ。彼が受け取ってくれれば」

「僕はそんな、――自分にできることをやらせてもらっているだけですから、どうぞお気になさらず」

「正当な報酬は受け取るべきだよ、凛君。これでも俺は結構稼いでいるほうだし、実家もまあ、それなりに資産があるほうだからね。気にしないでしっかりもらってくれたほうがいい」

「そうだぞ、凛君……と俺もそう呼んでいいかな？　どうやら君は他人の態度に敏感そうだが、もっとふてぶてしくしてもいいんだぞ。芹沢に、『こんなのじゃ足りません、もっとギャラを弾んでください』って言ってもいいぐらいだ」

「ふふ」

鷹揚《おうよう》な人物なのだろう。豪快な飯野の言葉に笑みが零れた。

そして、——聡いんだな、と実感する。

すこし話しただけで、凛が他人の顔色を窺うたちであることを見抜いた。ベータとはいえ、その能力は高いのだろう。アルファの芹沢と肩を並べるぐらいなのだから。

四人揃ってソファに座り、飯野の要望で、冷えたジンジャーエールを出すことにした。オレンジとアップルジュース以外はめったに飲ませてもらえないはるみは、大喜びだ。

芹沢と凛の間に座ろうかと悩んでいたが、よじよじと凛の膝に登って背中を向け、すとんと腰を下ろす。そして、プラスティックのマグカップに入ったジンジャーエールを大切そうに飲む。

「おくち、しゅわしゅわする」

「大人の味だよ、はるみ。たまのご馳走だからね」

「うん」

芹沢に頭を撫でられこくんと頷くはるみは、甘口のジンジャーエールでも刺激が強いのか、ゆっくりゆっくり飲んでいる。

ふと、芹沢と目が合った。

はるみを膝に抱きかかえた凛を愛おしげに見守るまなざしに、またもこころの奥がどくんと高鳴る。

さっきの触れ合いが冗談じゃなかったら。どう受け止めればいいのか。どう接触していくべきなのか。

「ぷは」

葛藤《かっとう》する凛をよそにはるみが大きく息を吐く。それからもぞもぞと身体の位置を変えて正面から凛にしっかり抱きつき、とろんと瞼を閉じる。

「はーちゃん、もしかしておねむ？　ベッド行く？」

「んーん……りんちゃんのとこが、いい……」

そう言うとすぐにすうすう寝息を立ててしまうはるみは、確かに健康的な三歳児だ。

「スイッチが切れたように寝るのも相変わらずだな」

声をひそめた飯野が微笑を浮かべ、そっと手を伸ばしてはるみの頭を撫でる。

「子どもの成長は早いもんだなぁ……あっという間に小学生、中学生、いや大学生になりそうだ。俺もおっさんになるわけだ」

「同い年の俺に突き刺さる言葉だな」

目配せする芹沢と飯野の好対照さに、好奇心が湧き起こる。

「おふたりは、どうして雑誌の編集者になったんですか？　新聞もそうだけど、社会部ってたくさんの情報をいっぺんに扱って大変そうですよね」

「新聞記者にも憧れたんだけどね、もうすこし長いスパンでやりたかったのと、新聞では扱わないようなスキャンダルにも触れてみたかったんだ。政治、芸能、文芸、地域も面白いけど、社会部はその日その日のニュースをいっぺんに得られる」

芹沢が言えば、飯野が身を乗り出す。

「俺は以前、芸能部にいたんだよ。SNSがいまより浸透してなかった頃。その頃はもうすこし華やかな話題が多かったんだけど、個人が自由に写真もテキストも発信できる時代になったいま、追い詰められる芸能人も多い。盗撮されたりとか、ストーキングされたりとか、ツイッターで罵声《ばせい》を浴びたりとか。そういうので病んでいく芸能人たちを見ていて、俺も手を引こうと思ったんだ。うまく言えないけど、ひとが傷つく記事を堂々と書いている自分に嫌気が差してさ」

「飯野はこう見えても真面目だからな。毎日芸能人たちのアカウントをチェックしていれば、こっちも引きずられる。いまの時代は個々の自制心が試されるから、自分をウリにしていく仕事も大変だと思うよ」

「な」

頷き合うふたりがジンジャーエールで喉を潤《うるお》す。

「……そういや、あの児童連続誘拐未遂事件、容疑者がだいぶ絞られたって話だぞ。大学同期の新聞記者が情報を入れてくれた」

はるみが寝入っていることを確認し、飯野が耳打ちしてくる。

彼が言うのは、以前芹沢が教えてくれた関東で起きている事件のことだ。

若い男性が幼い子どもばかりに声をかけ、どこかに連れ去ろうとして失敗している――成功されたら大ごとだから未遂なのはありがたいかぎりだが、このへんに住まう子を持つ親は気が気ではないだろう。

「どうも若いオメガの男性だとさ。噂だと子どもにはやさしく接して声をかけ、車で連れ去ろうとしている」

若いオメガの男性。

自分にも当てはまる条件だ。

ふたりの視線を受ける前に、「ぼ、僕は、違います」と抗弁していた。

「はるみ君に声をかけたのも心配だったから……ほんとうにそれだけなので、信じてください」

「なにを言ってるんだ、君を疑うなんてするわけないだろう？　その容疑者の写真が入手できればな……」

「相手もそこは用心してるんだろうよ。毎回服装や髪型を変えているという噂もある。ウィッグをかぶったりしてるだとか。ただ、ちょくちょく子どもに声をかけているようだから、かならず周囲の大人の記憶にも残っているはずなんだよな。いまのところ、埼玉《さいたま》、東京、神奈川《かながわ》の三箇所で未遂事件が起きている」

「ほんとうに子どもが攫われないうちになんとかしないと……」

「そうだな。とにかく、俺のほうでももうすこし探ってみる。もし、はるみ君が攫われるなんて考えただけで身震いがする」

大真面目な顔の飯野に胸騒ぎがする。

いま、胸の中で甘えきって眠っている温かい塊《かたまり》がある日突然失われてしまったら。

触れ合っているうちに、凛ははるみの素直さ、元気さ、そしてなによりパパである芹沢の帰りをじっと待つけなげさにすっかり虜《とりこ》になってしまった。

芹沢にとっても、はるみはけっして失えない存在だろう。怖いほどに真剣な横顔を盗み見、「僕が」と口火を切る。

「任せてください。はるみ君は絶対に僕が守りますから。目を離したりしません」

「……うん。そうだな、弱気になっている場合じゃない。とにかく、日々連絡を取り合って、はるみの無事を確認し合おう」

「はい」

それからも飯野は小一時間ばかりあれこれと話し、「また来るよ。はるみ君が元気でよかった」と言い残して帰っていった。

はるみは途中で一度目を覚まし、眠たそうな顔で夕食を口にしたものの、今日はたっぷり遊んだのと、飯野の訪問が楽しかったのだろう。

食べている最中からこっくりこっくりとうつむき、ぽろりと幼児用スプーンを取り落としたところで、笑って芹沢が抱き上げた。

「お風呂は明日にしてもいいだろう。今日はもう寝かせようか」

「そうですね。ふふ、もうぐっすりだ」

芹沢にぎゅっと抱きついて眠るはるみをなんとかパジャマに着替えさせ、子ども部屋のベッドに横たえる。

お気に入りの白《しろ》くじらのぬいぐるみを添えてあげれば、はるみはもう夢の中だ。

「もう七時か……そろそろいい時間だから強く引き留めることはできないけど……凜君、すこし話をしないか」

「え……」

「大事な話がある」

狙《ねら》い澄ますようなまなざしが、凜を捕らえて離さない。

こくりと頷き、子ども部屋の扉を閉めてリビングに移動した。はるみはよほどのことがないかぎり、一度寝たら朝まで起きない子だ。

「なにか、酒でも飲むか?」

「え、っと、……どんなお酒、ありますか」

「缶ビールと、いける口なら白ワインもあるけどどうする？」

「ビールで大丈夫です。ありがとうございます」

冷蔵庫から缶ビールを取り出してきた芹沢から一本受け取り、カシュッと音を立ててプルタブを引き開ける。

なんだか緊張している。張り詰めている。

いい話なのか。そうではないのか。

胸のつかえと一緒にビールを半分ほど飲み干し、ぐっと腹に力を込めた。

「どんなお話でしょうか」

「……はるみを預けている立場で、こういうことを言うのは非常に躊躇いがあるんだが……」

重大ななにかを告げられる気がして、息が浅くなる。

昂然《こうぜん》と顔を上げた芹沢がまっすぐ射貫いてくる。

「君に——惹かれている」

「……え？」

「今日ずっと君から甘い香りがしていた。途中で何度も理性で押し潰したけれど、言わずにはいられない。凛君、君は俺の運命の番じゃないのか？」

「うんめいの、……番」

鸚鵡返《おうむがえ》しに問うた途端、ばくばくと心臓がうるさく鳴りだした。

運命の番。

それは一対のアルファとオメガが特別な契約として、うなじを噛んでもらい、生涯の伴侶となるものだ。

ただ、これだけだったら愛の溢れる話として広く伝わるだろうが、大きな落とし穴がひとつある。

王者たるアルファは幾人ものオメガとつき合い、気の向くままに契約を解除できるが、オメガにとって運命の番は一生にただひとり出会える相手だ。

アルファの気まぐれで捨てられたオメガは、その後二度と伴侶を得られず、ただただフェロモンを発し続ける存在になり果てる。その行く末は悲惨だとも聞く。

蠱惑的《こわくてき》なフェロモンをまき散らすオメガにひとびとは男女問わずに群がり、いわゆる性的な玩具になるとか。

男でも子宮を持つ不可思議さを解明するために、秘密裏に組織された開発機関に拉致《らち》されて、さまざまな実験台になるのだとか。

一生ひとりのオメガを愛し抜くというアルファならばこちらも安堵して身を預けられるが、つき合っていくさなかで気持ちが冷め、豹変《ひょうへん》されるとも限らない。

真摯《しんし》な目を向けてくる彼からなんとか視線を外さないようにし、両手をぎゅっと膝の上で握り込んだ。

「僕のヒートが近いから、フェロモンにあてられてるだけ……じゃないですか」

「俺も最初はそう疑った。でも、これまでさまざまなオメガに会ってきたが、君ほど強いフェロモンを纏《まと》わせているひとに出会ったことはない。なにより俺の直感が告げているんだ。——君は俺の運命だと」

そこで両手をやさしく包み込まれ、心臓が口から飛び出そうだ。

彼の体温、彼の体香が伝わってくる。どくどくと響く心音が、凛の本心そのものだ。

——僕だって。

「僕だって……」

つい、口を開いていた。

視線を彷徨《さまよ》わせ、必死に言葉を探す。言ってもいいのか、やめたほうがいいのか。

手を包む力がこもる。

勇気を出してくれ、とでもいうように。

だから、震える声を絞り出した。

「僕だって……最初から、あなたに惹かれてました。はーちゃんを抱き上げたあなたに見惚れました。こんな格好いいひとが世の中にいるのかって……僕のほうこそ、はーちゃんを理由にあなたに近づいたのかもしれません。そんなふうに思ったことはありませんか？」

一度言葉が口をついて出たら止まらなくなる。

いま言わなかったら、もう二度と言えない。

「芹沢さんが思っている以上に僕は弱くて、卑怯です。はーちゃんのことを案じたのは真実だけど、前のシッターさんの仕事を奪うようなことをして。そんな僕に、あなたを想う権利がありますか」

「君が好きだ」

まっすぐな言葉が胸を貫く。

芹沢が放ったひと言は鋭くこころに刺さり、そこに熱い火をともす。

「好きだ。君が好きだ。出会ったときから惹かれていた」

わずかに目を伏せる芹沢は照れくさそうな、決まり悪そうな、そんな顔をしていた。

「なによりも、君がはるみを気遣ってくれるやさしさに惹かれた。その、言いにくいが、いままでのシッターは……俺が目当てで応募してくるひとも多かったから。俺よりも先にはるみを気に懸けてくれるひとをずっと探していた。それが君だ」

言うなり抱き竦められ、くちびるがぶつかってきた。

今度こそ、本物のキスだ。

呼気を奪うように、ちゅ、ちゅ、と何度もくちびるが角度を変えてぶつかり、息苦しさにはっと口を開けば、ねろりと舌が挿《はい》り込んできた。

熱い、口の中が。頭の中がぼうっとする。

ちろちろと舌の表面をくすぐられ、深く搦《から》め捕《と》られてしまえばもう抵抗できない。

「ふ……ぁ……っ」

芹沢のくちづけは情熱そのものだ。

いままで懸命にせき止めていたのだろう。

彩り鮮やかな感情がほとばしるようなキスに夢中になって、つい彼の背中に手を回し、しがみついた。

吸われ、擦られ、また吸い上げられる。何度も唾液を交換し、とろりとしたそれを喉奥で味わう。

初めてのキスで、こんなに気持ちよくなっていいものなのか。

苦しいぐらいに胸が昂《たか》ぶり、凛からもおずおずと舌を突き出す。

すぐにそのサインを受け取った芹沢が舌の根元をくすぐるようにしてくるから、「んぅ……っ」と甘やかな声が出てしまう。

「だ、めです、これ以上、は……」

「俺に触られるのは嫌？」

「……嫌じゃないから、困ってるんです」

羞恥のあまり耳たぶまで真っ赤にさせて呟く。

すると、芹沢はちいさく笑い、うなじをするりと手のひらで撫で上げてきた。

「昔のオメガはここに首輪を嵌めていたそうだね。いまは効き目のいい抑制剤ができたおかげで、首輪もなくなった。君をひと目見て、オメガだと瞬時に判断するひとはまずいないだろう。……フェロモンさえ、感じ取れなければ。君のフェロモンは濃いみたいだ。強く香るほう？」

「……はい、気をつけては、いるんですが……」

「これだけ俺が強く感じ取れるんだ。君は俺の番だ」

軽くソファに押し倒され、首筋を食《は》まれる。頑丈な歯が当たる感触がたまらない。

ヒートが近いだけあって、敏感になりすぎてしまっている。

初めての深いキス、初めての直接の愛撫。

それらすべてを新鮮に受け止め、押し寄せる快感に呻《うめ》いた。

ねっとりと首筋を這《は》う舌が気持ちいい。薄手のパーカの上から平らかな胸をまさぐられ、くすぐったい。

そんなところ、触られたってなにも感じない——はずなのだが、凛はオメガだ。

全身が性感帯のようになってしまって、パーカの生地に直接擦れる胸の尖りがむずむずして心地好い。

「あ……っあぁ……そこ……、や……」

「痛い？」

「ん、んん、ちが、なん、か、むずむず、して……」

「だったらよかった。もうちょっといいことをしてあげよう」

パーカの裾《すそ》をまくり上げれられ、素肌を晒《さら》される。

ほんのり朱に染まった乳首を芹沢が見ているのかと思うと恥ずかしくてどうしようもない。その熱は下肢にもこもり始めていた。

両膝を立ててもじもじと擦り合わせたことに気づいたらしい芹沢が乳首を指先で転がしながら、もう片方の手で張り詰めたジーンズのジッパーをやさしく下ろし始める。

ジリッ、と金属の噛む音がやけに耳につく。

触られる、と想ったら身が竦む。

誰にも触らせたことのない場所に、芹沢の手が忍んでくる。慎重に、凛の反応を確かめながら。

尖りをちゅくっと吸われて、思わず下肢がびくんと震えた。

こころと身体はバラバラだ。

こんなに簡単に堕《お》ちてしまったら芹沢は呆《あき》れないだろうかという戸惑いと、もっと奥まで暴いてほしいという本音が入り混じって凛を翻弄《ほんろう》する。

舌で乳首をしゃぶられ、舐《な》め回され、とどめにがじりと根元を噛まれたらもう我慢できない。

「せり、っざ、わさん……！」

「君のここ、……もうガチガチだ。触れてもいいか？」

「……ん、……は、い……」

やさしく、してください。

掠れる声で必死に頼み込む。

芹沢がつらい目に遭わせるはずがないことはとうにわかっているが、それでも初めての感覚にこころが追いつかない。

「絶対に君を傷つけない。やさしくすると誓うよ。今日は君をたっぷり感じさせたい。蕩けた顔を、俺だけに見せて」

「ん……――あ、っ、あ、や、あ、っ、そこ、吸ったら……っ」

ちいさな乳首をちゅうちゅうと吸い上げられ、むず痒《がゆ》さが募る。変になるからやめてほしいのに、くちびるが離れると途端に物足りなくなる。

ツキンと真っ赤に尖った乳首に執心する芹沢が、右手で器用に凛の下着をジーンズごと押し下げる。

ぶるっと跳ね出た性器は硬くしなり、芹沢の愛撫に従順に反応していることを伝えていた。

「もうヌルヌルだ」

「や、言わな……い、で……くださ、い……あぁっ……！」

愛蜜で濡れた先端を大きな手のひらがくるみ込む。

厚い手のひらの真ん中で亀頭がすりすりと擦られる快感にますます声が出そうで、両手でくちびるを塞《ふさ》いだ。はるみを起こさないように。

亀頭の割れ目を人差し指で、くぱ、とこじ開けられると恥ずかしさが頂点に達する。そこから蜜が溢れて溢れて、止まらないのだ。

敏感な内側を指の腹でやさしく撫でられ、くびれをきゅうっと締めつけられる。続けて、肉竿を根元から扱《しご》き上げられて、すぐに達してしまいそうだ。

「ンン――……ッ！」

頭をちいさく横に振って快感を散らそうとすると、余計に肉茎をいやらしくねっちりと握り込まれる。

ヒートのさなか、自分で仕方なくする処理とはまるで違う。

芹沢ならではのやさしさと情熱の深さを感じて、身悶《みもだ》えた。

腰をよじるけれど、芹沢の手からは逃れられない。

「あ、あ、だ、め、だめ、い、いい……っ！」

愛蜜でしとどに濡れた根元からずるぅっと扱き上げられた瞬間、凛はぐうんと身体をのけ反らせ、たまらずにどっと放ってしまった。

どくどくと零れる精液で彼の手を汚してしまうのが申し訳ない。

「あ……あ……はぁ……っ……ご、めんなさい、僕だけ……」

急いで身を起こし、ローテーブルに置かれたティッシュボックスを取ろうとしたが、逆に押さえ込まれた。

「君はこのままで。俺が綺麗にしてあげるよ」

芹沢の声がどこか上擦《うわず》っている。

彼だってオメガのフェロモンをもろに浴びて激しい衝動に襲われているだろうに、肌に散った凛の白濁を指先に移し取り、ちろりと舐め、「こういう味なのか」と満足そうに言い、後始末を終えていく。

「あ、あなたは……しなくて、いいんです、か……あの、僕……こういうの、したことないから、下手、だろうけど……」

一方的に快楽を味わわされて立つ瀬がない。

その証拠に、芹沢の整った顔はうっすらと上気し、息も浅い。

けれど熱い塊を深く呑み込むような仕草をしてくっきりと浮き立つ喉仏を鳴らしたあと、芹沢は頬にくちづけてきた。

「急がなくていいよ、今夜はこれで充分だ。君の艶やかな肌に触れられただけでも。——はるみの様子を見てくるから、君はすこしゆっくりしておいで」

芹沢がはるみの部屋に向かう背中をぼんやりと見つめ、のろのろと身体を起こす。

まだ、身体中がじんじんと甘く痺れていた。

うまく頭が回らないながらも身繕《みづくろ》いし、覚束《おぼつか》ない足取りではるみの部屋に向かう。

細く開いた扉から中をのぞけば、ナイトランプだけが点いた室内で芹沢がベッドの端に腰掛けていた。凛が訪れたことに気づき、器用にウインクする。

「よく寝ているみたいだ」

「……そう、ですか。よかった……」

たとえ一瞬でも不埒《ふらち》な熱にのめり込んでしまった自分を恥じ、凛もはるみの眠る姿を見守る。

横向きになって白くじらのぬいぐるみをきゅっと抱き締める甥のやわらかな髪を、芹沢が愛おしげに梳いている。

もちもちしたほっぺに尖ったくちびるが可愛らしくて、凛も微笑み、そっと丸みのある顎に触れた。

ぷくぷくした顎下をなぞると、花びらみたいなくちびるがかすかに開き、穏やかな寝息が漏れる。

「ちっちゃい子の顎ってどうしてこんなに可愛いんでしょうね」

「ほんとうに。君にだってこういうときがあったんだぞ」

「ふふ、ここまで可愛くないです」

はるみに触れていると激情の波がすこしずつ引いていって、穏やかな愛情へと変わっていく。

赤の他人である自分がこんなにも近くにいて、熟睡してくれているのだ。はるみから信頼されているると思ってもいいだろう。

「さてと、あらためて熱いお風呂にでも入って、今夜は泊まっていく？」

「い、いえ、帰ります。……申し訳ないし」

「あそこまでしたのに？」

耳元で甘く囁いてくる芹沢はちょっと意地悪だ。

耳朶《じだ》を熱くして、「帰ります」ともう一度言った。今度はしっかりした声音で。

「なんだかあの、……いろいろとすみませんでした。ご迷惑をおかけしてしまって」

「本格的にヒートが始まるんじゃないのか。大丈夫？」

「大丈夫、です。今回のは軽くてすみそうだから、抑制剤でなんとかします」

「確か、一週間は休まないといけないと聞いたことがあるが……」

思案顔の芹沢にこくりと頷いたものの、「明日だけ」と言う。

「シッターを始めたばかりで申し訳ないんですが、明日一日だけお休みをいただけますか。明後日からまたちゃんと来ますから」

「ああ、俺のほうは大丈夫だよ。明日は自宅で仕事するつもりだったから、はるみのことは気にしないでゆっくり休んで欲しい。なんだったら三日ぐらいは……」

「いえ、明日一日で。はーちゃんとせっかく仲よくなれたのに、いきなり休むのもこの子が可哀想ですし」

「そんなに気にしなくてもいいのに。なんだったら飯野に任せることもできるし、地域の児童保育所に数日預けることもできるよ」

「それはどうにもならなくなったときで。今回のヒートは、僕の失態ですから」

「凛君……無理しなくていいんだよ。失態でもなんでもない。そういう体質なんだから、前向きに受け入れて。俺だって眠らないと仕事ができない。食べないと生きていけない。そういう感覚と同じようなもので、ヒートは少々つらいのだろうが、君にとって大事なものなんだと思う。あまり重荷に思わないでほしい、と俺が言っても説得力がないかもしれないけれど」

ぽんと両肩を摑まれた。

その手の温かさに目を瞠り、顔を上げた。

そこにはやさしく微笑む芹沢がいる。

「君の細やかな性格がとても好もしい。……正直、戸惑うほどの好意を抱いているが、いまの状況で伝えるとつけ込むようだから、また機会をあらためて。我慢せずに、俺をもっと頼ってほしい」

「……はい」

「明日はゆっくり休んで。はるみも、明後日にはわくわくして待ってるよ」

「ありがとうございます。一日だけ休ませてもらいますね」

頭を下げ、身支度を調えて芹沢宅を辞去することにした。帰り際にもう一度はるみの寝顔を見て、「おやすみ」とちいさく告げてから。


一日だけ、でほんとうにすむのかどうか自信がなかったが、宣言した手前どうにかするしかない。

自宅に戻るまで小走りになり、靴を脱ぐのももどかしく、バスルームに飛び込んだ。

熱いシャワーを頭からかぶりながらバスタブに湯を張り、半分ほど溜まったところで気に入っているミルクタイプの入浴剤を入れる。

白く溶けるやさしい香りにいざなわれてバスタブに入り、足を伸ばした。

「……とんでもないこと、しちゃったな……」

ひとりになると、罪悪感がこみ上げてくる。

眠っているとはいえ、はるみが別室にいたのに、芹沢と熱を交わした。

どうにも抗えなかったのだ。

誇り高いアルファの強さに、というよりも、芹沢本人が発した欲情をもろに浴びて、呑み込まれた。

あの瞬間、自分も彼が欲しいと思ったのだ。こころから。

雇用主と身体の関係を持つなんてもってのほかなのに、拒めなかった。嫌だと突き放せなかった。

そこが自分の弱さ、なのだろうか。彼を気遣って巻き込まれたというつもりはない。

その気がないのに弾みに乗ってしまったというのでもない。

出会ったときから引きずられていく一方の自分が情けないかぎりだ。

はるみという可愛い幼子をとおして知った、蠱惑的なアルファ。

彼だったらどんな相手でも選び放題で困ることはないだろうし、恋愛や性に対して未発達の自分のような者を相手にするまでもないだろうに。

それでも、耳にいつまでも残る声。

『俺をもっと頼ってほしい』

「……いいのかな。甘えちゃって……」

湯に鼻先まで浸かりながら、ぼうっとする。

身体のそこかしこに、まだ彼自身の熱が残っている。


強い抑制剤を飲んでもひと晩中眠れなかった。

突き上げるような衝動で何度か目を覚まし、惨《みじ》めな気分で己を慰めて処理をし、くたんと疲れた身体で眠り込んだ。

それを繰り返し、翌日の昼前に目を覚ました頃にはすこしまともになっていた。

寝乱れたベッドシーツを取り替えて怠《だる》い身体で洗濯し、食欲はなかったので、ひとまず冷蔵庫に入っていたアップルジュースを飲む。

甘酸っぱい冷たさが身体に染み渡ったところで洗濯機がピー、と鳴る。

下着やシーツをベランダに干し、新しいシーツを敷いたところで紅茶を淹れ、ひと息つくことにした。

いま頃、はるみはなにをしているだろう。

パパとふたりきりで楽しく過ごしているだろうか。

フレーバーティーの甘いストロベリーの香りにふんわりと癒《い》やされながら、ベッドに寄りかかって背をのけ反らせ窓の向こうを見る。

五月半ば、初夏を思わせる空は真っ青だ。

今日もだいぶ気温が上がり、半袖でも過ごせるほどだ。

ぼんやりしていると、手元に置いていたスマートフォンが鳴りだした。液晶画面を見れば、芹沢のビデオ通話だ。

通話ボタンをタップすれば、画面いっぱいにはるみが映る。

『りんちゃん、げんき？　ねんねしてた？』

「はーちゃん、今日はごめんね、行けなくて。明日は行くから」

『まってる。いいこにしてるから、あした、きて』

「うん、絶対」

こんなにいい子の弾んだ声が聴けるなら、すぐにだって行きたいぐらいだ。

朝にも抑制剤を飲んだことで、いまはかなり症状が落ち着いている。

昼間は薬で衝動を堪《こら》え、家に帰ったらひとり慰めるというルーティンを思うと自分が恥ずかしくなるが、一週間まるまる休んではるみと芹沢に会えないのはもっと寂しい。

自分さえ耐えればいいだけのことだ。

『はーちゃんね、きょうのおひるは、ぱぱとはんばーぐたべにいったんだよ。りんちゃん、なにたべた？』

「んー……まだなにも食べてない。ちょっと食欲がなくて。でも大丈夫。はーちゃんの顔が見られたから元気が出たよ。オムライスでも作って食べようかな」

『いいなあおむらいす……はーちゃんもたべたい』

そこへ、くっくっと笑い声が交じる。芹沢がはるみを抱っこし、一緒に画面に映り込む。

『急に電話をかけてごめんね。はるみがどうしても君が心配だと言うから』

「嬉しいです、すこしでも顔が見られて。ハンバーグ、美味しかったですか？」

『うん、近くにお気に入りの店があるんだ。今度君も一緒に行こう』

「ぜひ」

『なにしてたんだい？』

「洗濯して、のんびりしてました」

それから、あなたたちのことを想っていました。

そんな本音はこころの底に隠す。

会いたいな、と思っていたところへ突然かかってきたビデオ通話がとても嬉しい。

はるみと賑やかにお喋りし、最後はすこし芹沢とふたりで言葉を交わした。

『身体の具合はどう？　無理したらいけないよ』

「平気です。昼間は、薬で抑えられますから」

『だったら……』

夜は？

芹沢の目がそう言っているので、恥じらいながら瞼を伏せ、「……なんとかしてます」とだけ呟く。

効きのいい強い抑制剤だけに、一日一錠と決められている。

ヒートの症状を抑えられるのは約十二時間。

日中はこの一錠に頼れるけれど、夕方から朝方にかけてはやはりひとりシーツを虚《むな》しく蹴ることになる。

乱れた自分を想像させたくなかったから無理に笑い、「明日は行きますね。芹沢さんもお仕事ですか？」と訊く。

『ああ、明日は出社だ。今日はほとんどはるみの相手をしていたからなかなか仕事が進まなかったけど、これも叔父としての大切な務《つと》めだから。洗濯も料理も掃除も一応やった。それで、君のありがたさをあらためて痛感したよ。いつも細かいところまで綺麗にしてくれていたんだね。ほんとうにありがとう』

「いえいえ、家事は好きですから苦じゃないです。逆に、洗濯物を溜め込んでくれてもいいのに。明日、やり甲斐がありますよ」

『はは、さすがに下着類は先回りして洗っておいた』

なんでもない言葉のひとつひとつが温かで、穏やかで、胸に沁《し》みる。

ありふれた日常の大切さを、いまになって思い知った気がする。

想っているひとびとが、晴れた日に元気に過ごしてくれている。

それだけでしあわせだ。

『いきなり電話をかけてすまなかった。このあともゆっくり休んで』

「はい、芹沢さんも無理しないでくださいね。やり残した家事があったら僕が明日完璧に片づけますから」

『そう言われると無駄にタオルの一枚ぐらい残してしまいたい気分になるよ。なんて冗談だけど。

——明日、会えるのを楽しみにしてる』

『はーちゃんも!』

画面外から声が飛んできて、くすっと笑った。

「僕も、お会いできるのを楽しみにしてます」

じゃあまた、と同時に通話を切り、しばらくスマートフォンを握り締めていた。
今日の夜は、いくぶんか熟睡できそうだ。
「ふたりのおかげだな……」
——会いたいな、やっぱり。
直接顔を見て、言葉を交わしたい。温度を感じ取りたい。
胸にスマートフォンを押し当て、もう一度背後の空を仰ぎ見る。
雲ひとつない、澄んだ空。

6

ヒートは続いていたが、翌日からは芹沢宅を訪ね、はるみの相手をした。

出勤する直前の芹沢と二言三言交わし、そのあとははるみとふたりきりになる。

はるみは午前中はたいてい家の中で過ごす。幼児向けのテレビ番組を観たり、玩具で遊んだりする。

そんな日々を細やかに積み上げていき、あっという間に一か月が過ぎた。

六月に入ると空気は蒸し、終日雨の日も多かったが、部屋で楽しく過ごす方法はたくさんある。

それに、運よく晴れた日にははるみと手を繋ぎ、公園にふたりして歩いていくのはとりわけ嬉しい時間だ。

訪ねるたびに「りんちゃーん」と駆け寄ってくるはるみへの愛情は増すばかりだ。その後ろで微笑んでいる芹沢への艶やかな想いも。

　おままごとが大好きなはるみのために、凛も家事を片づけるかたわら、相手を務めた。

　はるみが三月の誕生日プレゼントにもらったといううさぎ一家の可愛いぬいぐるみハウスを持っているので、それをプレイマットに開き、お父さん役とお母さん役をはるみが演じ、凛は子ども役となった。

　ちいさな可愛いうさぎのぬいぐるみをちょこちょこ歩かせ、「ただいまー」とハウスの中に入ると、お母さん役のはるみが「おかえりなさい」とにこにこしながらうさぎを動かす。

「おべんきょうは、ちゃんとしてきた？　おてであらったらおやつがあるわよ」

「はーい。洗ってくるね。今日のおやつはなに？」

「ぱぱがやいたほっとけーきだぞ。くまさんのかたちをしたほっとけーきだ」

「ホットケーキ！　美味しそうだね。いますぐ手を洗ってくるね」

　そうか、芹沢はくまさん型のホットケーキを焼いてくれるのか。

　ボウルにたまごを溶き、ホットケーキミックスを入れて泡立て器でかき混ぜる芹沢の足元をうろちょろし、バターが焼けるいい匂《にお》いにはるみは鼻を蠢《うごめ》かせるのだろう。

『できたよ、ほらはるみ』

　そんなやさしい声を想像して微笑み、おままごと用のテーブルに出された樹脂製のホットケーキをぱくぱく食べるふりをする。

そばではるみはにこにこし、「せんたくものがたまっちゃってねえ、ぱぱ、たいへんよ」「そうかそうか、ぱぱもてつだおう」とひとり二役を器用にこなしている。

「はーちゃんのままね、ほっとけーきつくるの、おいしかったの」

「……ママ……はーちゃんのママのこと？」

「うん、いまは、もういないけど。おそらのくもになったんだって。ぱぱがそうおしえてくれた。ぱぱのことは、まえ、あっちゃんってよんでたんだけど、いっしょにくらすようになってから、『ぱぱってよんでいいんだよ』っていってくれた。だから、あっちゃんははーちゃんのぱぱなの」

「そうなんだ……」

「はーちゃんね、くもみるの、すき。ままがみてくれてるきがするから。ぱぱも、『はるみがいいこでいるかどうか、いつもみまもってくれてるよ』っていってる」

「……そうだね。はーちゃんはほんとうにいい子だよ。そのことは僕もよく知ってる」

「ほんと？　はーちゃん、いいこ？　りんちゃん、はーちゃんのこと、すき？」

「大好きだよ」

「はーちゃんも！」

うさぎのぬいぐるみを握り締めたまま、ぱふっと抱きついてくるはるみに頰擦りする。

はるみはこのちいさな身体で、母の死をゆるやかに受け止めているのだ。

寂しくて寂しくて涙が止まらない日もあるだろう。

それでも、そばには芹沢がいる。

『パパがついてるよ』と言って、背中を撫で、泣き濡れた目元をガーゼのハンカチでそっと拭うのだろう。

そして厚い胸に抱き込むのだ。

ママとは違うけれど、やさしくて頼もしい胸に。

どれだけ芹沢がはるみを大事にしているかを噛み締め、自分も精いっぱいお世話をしようと決意する。

雲間から陽射しが降り注ぐ午後は公園に遊びに行くことにした。

「ぶらんこのりたい」

「乗ろう乗ろう。背中、いっぱい押してあげるね」

しっかり手を繋いで横断歩道を渡り、いつもの公園に足を踏み入れる。

きらきらした光が園内中を照らし、そこかしこで母親と子どもたちが遊び回っている。

昨日まで雨続きだったこともあって、今日の公園は大賑わいだ。どの子の顔も輝いている。

はるみのベビーシッターになってママ友という存在をまだ作っていないから、ひとまず不思議そうな顔を向けてくる女性たちにはきちんとお辞儀をし、自己紹介をしておいた。

「はじめましてこんにちは。芹沢はるみ君のベビーシッターになった乃南凛です。近所に住んでいますが、この公園のことはよくわからないので、よければご指導ください」

まだ若い凛が律儀に挨拶すると、母親たちは一様にほっとした顔をする。

「よかったわねえ、はるみ君。今度のベビーシッターさん、とてもいいひとそう」

「ね。前のひとたちはどうしてもはるみ君から目を離しちゃうことが多かったみたいだから、私たちも心配してたの」

「これからよろしくね」

「こちらこそ、どうぞよろしくお願いいたします」


無事に公園デビューを果たしてから一か月。凛がはるみと連れだって公園にやってくると、笑顔で挨拶してくれるママ友も増えた。

「あ、ともくん！　ぶらんこ、いっしょにのろ」

お友だちらしき男児が砂場から駆け寄ってくるのを見て、はるみが近づいていく。

とも君と呼ばれた子はほっそりと華奢《きゃしゃ》な子で、はるみの誘いに「うん」と頬にえくぼを浮かべて頷く。

それからふたりして近くのブランコに駆けていくのを見守る。

肩に提げてきたトートバッグには、はるみ用のオレンジジュース、自分用のアイスティーを注いだタンブラーが入っている。

それとはるみが好きな小袋入りのクッキーや、ウェットティッシュ、タオルハンカチ類も。

はるみたちから目を離さずにブランコのすぐそばにあるベンチに腰掛け、心地好い夏の風に髪をそよがせる。

園内にはたくさんの子どもたちがいて、それぞれいろんな遊びに興じている。

誰かがシャボン玉を吹いているようだ。ふわり、ふわりと風に乗って大きなシャボン玉が煌《きら》めきながら飛び過ぎていく。

きゃあっと上がる歓声に目を向けると、鬼ごっこをしているグループがあった。そのそばではゴム跳び、けんけんぱに興じる子たち。

子どもひとりひとりに個性があって、いつまで見ていても見飽きない。

その周囲では母親たちが談笑し、情報を交換している。

互いの子の成長ぶりや、園や学校での勉強の進み具合、今夜はなに作るの、とか、スーパーの特売がよかったわよと、とか。

男だけの社会で生きているとなかなか耳にできない、細やかな、だけど日々を支える大切な情報だ。

母親たちにもいくつかのグループがあるみたいだが、テレビニュースやネットで見るようなママ友同士のいがみ合いらしきものは、ここにはないようだ。

オメガとはいえ凛は男性だから、母親たちとはすこし距離を置いて、丹念に周囲を観察することにした。

どのママさんともっと仲よくすればいいのか、なんて焦《あせ》らなくていい。

はるみにはとも君というお友だちがいるのだし、ふたりはいま、交代でブランコに乗って大はしゃぎしている。

そのことにほっとし、ベンチに背を預けると、「……あれ？」と覚えのある声が聞こえてきた。

「君、はるみ君のベビーシッターだよね」

艶やかな声に慌てて振り向けば、以前のベビーシッター、川奈基だ。

「あ、あの、お久しぶり、です」

「久しぶり。はるみ君とはうまくいってる……みたいだね」

真っ白な七分袖のシャツとジーンズをさらりと着こなした美しい男は、「隣、いい？」と訊いてくる。

「あ、はい、どうぞ」

「ありがとう」

川奈はすとんと腰を下ろし、片手にぶら下げていたアイスコーヒーに口をつける。

公園前のカフェでテイクアウトしてきたものだろう。凛もたまに寄る店で、丁寧に淹れたコーヒーがとても美味しい。

突然の再会にどきどきしてしまう。川奈もこの近くに住んでいるのだろうか。

「近所に住んでるんだよ。だから、はるみ君のベビーシッターにも応募した」

「そうだったんですね、……保育士さん志望とか？」

「いや、べつに。そういうわけじゃないけど、昔からうち、弟妹が多くて子どもの扱いには慣れてるから」

涼しい顔でアイスコーヒーを飲む川奈の横顔からは、悪意もなにも感じられない。

いきなりのシッター交代に、文句を言われるのかと思ったがそうではないようだ。

「散歩コースなんだよ、ここ。たまにふらっとひとりで来る」

「……弟さんや妹さんとは来ないんですか？」

「俺だけ勘当されちゃったからね。うち、アルファの一家なんだけど、俺だけオメガだとわかって、大学入学をきっかけに家を出ろと言われたんだ。よくある話」

よくある話、ではないと思う。

アルファ一家に生まれたオメガの川奈がどんな人生を歩んできたか、この短い会話では窺い知れないが、彼は彼なりに自分のスキルを活かした仕事をしようと考えたのだろう。

「……あの、いまは？　なにかお仕事に就きましたか」

「とりあえず雑誌モデルしてる。こういう顔だから、あちこちの事務所から声をかけられてたんだけど、芸能界ってあまり興味なくて。顔だけで売っていくのって大変だろ？　拘束時間も長いし、みんなに愛されたいって思い、俺にはあまりないんだよね。人気者になりたい願望ってほんと、ない。でもまあ、それなりにギャラがいいからさ、一応」

黙っていても華がある川奈なのに、そう思うのか。

プロの世界で磨かれたらさらに光り輝くだろうに。

「あなたぐらいの容姿だったら名声も富も夢ではないでしょうに」

「だから、そういうの興味ないんだって。俺はアルファの家族から爪弾きにされた存在だよ。たったひとりに愛されれば満足」

素っ気ない口調だからこそ、余計に胸に沁みる。

「だったら、……どうしてはーちゃんから目を離したりしたんですか。シッターの仕事、全うしなかったのはどうして？」

「それは――」

言葉に詰まる川奈がうつむく。

「ちょっと電話がかかってきて……大事な電話だったから……」

そう言う間に、彼のジーンズの尻ポケットにねじ込まれたスマートフォンが鳴りだす。

「ごめん、電話だ。じゃあ、また。いきなり悪かったな。はるみ君と仲よくね。最近、このへんで誘拐未遂の事件多いだろ？　気をつけて」

「あ……」

さっさと立ち上がって、川奈はスマートフォンを耳に押し当てなにごとか話しながら立ち去ってしまう。

無意識にブランコのほうに顔を向け、はるみたちが元気に遊んでいるのを確認してから、もう一度川奈が去った方向を見る。

早足の彼の姿はすでになく、残された凛はすこしの間ぼんやりしていた。

ほんの一瞬触れ合っただけの関係ではあるが、真の悪人ではないことは確かだ。

川奈には川奈の事情があって、はるみから目を離してしまった瞬間があったのだろう。

――たったひとりに愛されれば満足。

胸に残る言葉だった。

思えば、凛も、叔母夫婦に大切に育てられてきた。

けれど、彼女たちにはほんとうの子どもがいたのだと知ったときから、無意識にこころを閉ざしていたように思う。

それがいかに一方的な感情だったのか、いまならわかる。

勝手で、幼稚だったなと。

——叔母さんたちはよくしてくれた。実の子どもを亡くしたからこそ、その愛情をありったけ僕に注いでくれたんだ。血の繋がりは薄くても、ほんとうの親子のように。

たくさんじゃなくていい、自分の好きなひとに愛されることの喜びがどれほどのものか。

「りんちゃん、のどかわいたー」

はるみがタタッと駆け寄ってきて、汗の滲んだ額をちいさな拳で拭う。

信頼しきった目で見上げてくることに胸の奥がきゅっとなり、急いでトートバッグからタンブラーを取り出す。

それから、先ほどまで川奈が腰掛けていた場所にはるみを座らせ、タンブラーのストローを咥《くわ》えさせてやった。

よほど喉が渇いていたのだろう。

無心にちゅうちゅう飲んでいるはるみの額の汗をガーゼハンカチで拭い、髪を梳いてやる。

「たくさん遊んだ？　とも君は？」

「おやつのじかんだから、かえるって。ねーりんちゃん、はーちゃん、ちょっとねむい」

それはそうだろう。今日はまだお昼寝をしていない。

「だったら家に帰ろうか」

「うん。ねえりんちゃん、おんぶしてくれる？」

「おんぶ？　もちろんいいよ」

「やったぁ」

トートバッグの肩紐を伸ばして斜めがけにし、ジュースを飲み終わったはるみの口元をハンカチで拭ってから、地面に膝をつき、背中を向ける。

そこに「よいしょ」とはるみがよじ上ってきて、しっかり首に両手を巻きつけてくる。

三歳児だが、小柄なせいか軽いものだ。

しっかりとはるみのお尻を両手で支え、周囲のママたちに挨拶してから公園を出る。

背中がぽかぽかすることに、自然と笑みが零れた。

その晩、早めに帰ってきた芹沢に、川奈に会ったことを伝えた。一応、彼は前の雇用主だったのだし。

「お元気そうでした。いまは雑誌モデルをしてるとか」

「そうなのか。確かに、シッターにはもったいないぐらいの美形だったからね。といっても」

玄関先で靴を脱ぐ芹沢が、やや腰をかがめて耳元で囁いてくる。

「俺には君のほうがずっと魅力的だけど」

「っ、芹沢さん……！」

からかわないでください、と耳たぶを押さえれば、反対側の耳たぶを甘噛みされる。

「……もう！」

好きだ、とはっきり告げられてから、芹沢の愛情表現はオープンになったように思う。

顔を合わせるとかならず耳や頬にくちづけてきて、軽く抱き締めてくる。

ただ、一線を越えることはまだなかった。

触れ合うことはするけれど、ふたりともなによりはるみの存在を最優先したので、男同士としての愛情をあからさまに表すことはしなかった。

そのぶん、芹沢の微笑やスキンシップが前より格段に多くなった。

はるみにしてやるのとはまた違う、大人だけがわかるアイコンタクトや額へのくちづけ。

それがどんなに胸をときめかせるか、芹沢はわかっているのだろうか。

――触れられると期待してしまう。また、してもらえるんじゃないかと待ってしまう。

近づきたい、もっとすぐそばに。

けれど、いまの甘やかな空気のままでもいいと思うこころもある。

不用意に触れたら、壊れてしまう関係もあるから。

凛の繊細な感情が伝わっていたのだろう。

芹沢も強引に手を出してくることはなかった。

その危うい均衡《きんこう》が崩れるきっかけを作ったのは、思いがけないことにはるみだった。

数日後、いつものように芹沢宅へ向かうと、ちいさなリュックを背負ったはるみがうきうきした足取りで駆け出てきた。

「りーんちゃん、きょうね、はーちゃんおとまり！」

「お泊まり？　誰のところに？」

「ともくんのとこ。ともくん、おたんじょうびなの。それで、はーちゃんにおとまりにきてほしいっていわれた。ぱぱもいいっていいってくれたよ」

とも君というのは、公園で出会ったお友だちのことだ。親しくなった初めてのママ友なので、芹沢にも話したところ興味を持ってくれ、先日の土曜日には彼自身がはるみを公園に連れていき、とも君ママとおしゃべりしたと聞いている。

「そうなんだ。お誕生日会かぁ、楽しそうだね。プレゼントは持った？」

「もったー。くまちゃんのぬいぐるみ。ともくん、くまちゃんがだいすきなんだよ。ぱぱとえらんでかったたんだ、ほら」

わざわざリュックを下ろして、中から黄色の包みを取り出して見せてくれる。ラッピングを透かして、茶色のくまのぬいぐるみがちょこんと収まっているのが見えた。

「可愛いね。きっととも君も喜んでくれるよ」

「ほんと？」

「うん、ほんとに」

途端にふにゃっとまなじりを解けさせるはるみが足に抱きついてきて、「だから、きょうははーちゃんいないの。りんちゃん、ぱぱといっしょね」と笑顔で見上げてくる。

「……パパと、一緒」

「迷惑じゃなかったら」

奥から出てきた芹沢が照れくさそうに頭をかいている。

「君さえよければ、今日はここに泊まっていくかい？　俺ひとりで過ごすのもなんだし」

「でも、芹沢さんお仕事じゃないんですか」

「今日は自宅で資料作成。はるみがいないと張り合いがないし、……ね？」

拝むようにされると断れない。

自宅仕事といっても忙しいのに違いはないだろう。

だったら、自分にもできることがある。

静かに掃除したり、食事の支度をしたり、気分転換の紅茶を差し入れたり。

「……なら、今日だけ。あ、でも、着替えの準備してきてないし」

「大丈夫。買い置きの新品のルームウェアや下着があるから、好きに使って」

「わかりました」

「じゃ、俺はとりあえずはるみをとも君ちに預けてくるよ。ランチは向こうでご馳走になってくる予定だから、君はゆっくりしておいで」

「いてくるね、りんちゃん、またあした」

舌っ足らずなのがやたら可愛い。

「うん、また明日。楽しんできてね」

芹沢に抱かれてバイバイと手を振るはるみを送り出し、ひとつ息を吐いた。

——ふたりきり。

今日一日、芹沢とふたりきりだ。

じっとしているとあれこれ考え込んでしまいそうだから、頭を強く横に振って大きく息を吸い込み、いつものように室内に上がる。

まずはキッチンの掃除だ。

芹沢とはるみたちが朝食に使った食器を洗って水切り籠に立てかけ、次は洗濯物をより分ける。

芹沢の大人物と、はるみの幼児物を一緒くたにすると、あとで畳むのが大変になるので脱衣籠からひとつひとつ取り出して分けていく。

下着類はやはりまだ恥ずかしさが残るのか、芹沢自身が片づけておいてくれている。

ドラム式洗濯乾燥機に芹沢の衣類を入れてスイッチを押し、その間にリビングの掃除をしてしまうことにした。

広いリビングに掃除機をかけている途中で、ピー、と洗濯機が鳴る。

急いで駆けつけ、バスルームの室内乾燥システムを使ってどんどん干していく。次ははるみの洗濯物だ。

洗い終わるまで、今度は芹沢とはるみの寝室に掃除機をかける。

窓を開けて風を通し、深緑のカーテンがふわりと浮き上がるのを見て、知らずと鼓動が弾んだ。

このカーテンが穏やかに閉まるとき、芹沢はどんな顔でベッドに横になるのだろう。どんな夢を見るのだろう。

シーツを替え、薄い夏掛け布団をきちんとダブルベッドに広げ、一歩下がって室内を見回す。

芹沢の匂いがする。

アルファの抗いがたい、濃い匂い。

オメガのフェロモンとはまた違い、アルファにも独特の香りがある。

雄の匂いとでもいうべきか。

このままベッドにもぐり込んでしまいたい衝動を堪え、夕飯の買い物に出かけることにした。

今日はなにを作ろうか。

はるみがいないから、すこし大人の味に挑戦してもいいかもしれない。

辛みを効かせた麻婆豆腐《マーボーどうふ》とか、じゅわっと噛み締めると旨味が染み出す焼き鳥とか。

行きつけのスーパーであれこれ悩み、麻婆豆腐を作ることにした。

芹沢は辛いものが好きだ。ただ、はるみがいるので、カレーなどを作るときは子ども向けの味つけにしている。

今日はいい天気だし、目いっぱい汗をかける辛い麻婆豆腐を作ろう。具材をプラスティックの籠に次々入れていき、会計をすませ、エコバッグに詰めて帰る。

慣れ親しんだ鍵で部屋の扉を開けるとき、——なんだか新婚さんみたいだなと考えてにわかに羞恥心がこみ上げてくる。

ふたりきりになったら、なにを話せばいいのだろう。

話題の中心は、やっぱりはるみになると思う。

甥っ子を溺愛している芹沢が話しだすと、毎日一緒に過ごしているはずの凛でも、まだ知らないはるみの顔がもっともっと見えてくるのだ。

「とも君ちのランチがどうだったか、聞いてみよう」

洗濯物の乾き具合を確かめながらひと息つくために紅茶を淹れ、ソファに腰掛ける。

「ただいま」

玄関で扉の開く気配がし、芹沢がリビングに入ってくる。

「あ、あ、おかえり……なさい」

いままさに紅茶を飲もうとしていた凛は慌てて立ち上がり、「お茶、飲みます?」と訊いてみる。

「いただこうかな。とも君ちでフレッシュオレンジジュースをたくさんいただいたから、温かいものが飲みたい気分だ」

「待っててくださいね」

急いで彼用のティーカップを用意し、ダージリンの香ばしい紅茶を注いでいく。

「お待たせしました。どうぞ。はーちゃんの様子、どうでした?」

「もう大喜びだ。とも君もプレゼントを気に入ってくれて、早速ふたりでおままごとをして遊んでいたよ」

「ランチ、なに食べたんですか」

「シロップのたっぷりかかったフレンチトースト」

美味しかった、と笑う芹沢の隣にすこし距離を空けて腰掛ける。

「今夜は麻婆豆腐の予定です」

「お、ほんとに？　嬉しいな、辛めに味つけしてくれるとなお嬉しい」

「そうします。舌が痺れるぐらいに、腕によりをかけて作ります」

ガッツポーズを作ると、芹沢はちいさく笑って「楽しみだ」と言う。

それからしばらく彼は自室にこもって仕事をすることになったので、凜は乾いた洗濯物を丁寧に畳んでしまっていく。

ちいさな赤や青、ピンクに黄色とはるみの靴下をつまんで組み合わせるのが意外と楽しい。犬や猫、クマのアップリケがついているが、よく履いているのはクマの靴下みたいだ。かかとに毛玉がついている。

今度、子ども向けのショップに行って、はるみのために靴下をいくつか見繕ってこようか。

対して芹沢の靴下は紺色か黒のみで、対同士を合わせるのが神経衰弱みたいだ。

はるみの靴下と並べてみても格段に大きくて、子どもから大人になるというのはこういうことかとなんだかしみじみしてしまう。

いくつの靴下を履き潰したら、はるみは芹沢のような大きさの靴下を履く年頃になるのだろう。それはそんなに遠いことでもないだろうが、可愛いという言葉だけでぎゅっとできあがっているはるみには、すこしでも子ども時代を楽しんでほしい。

しばし手が空いたので、リビングのテーブルを借りて国家試験のための参考書を開く。日頃、はるみが昼寝している合間を縫って、こつこつと勉強を続けてきた。

次の試験はいけそうだ。読み込んだ参考書は表紙の隅が反り返っていて、手応えを感じさせてくれる。

リビングの時計が六時を指す頃、凛はキッチンに立ち、エプロンを纏う。

麻婆豆腐には豆板醬《トウバンジャン》と鷹《たか》の爪《つめ》をたっぷり入れよう。大人の味だ。豆腐も大きめにして食べ甲斐があるものにする。

よく熱したフライパンで挽《ひ》き肉《にく》を炒《いた》め、ソースはスマートフォンで調べたレシピどおりにしたものを加え、スープを足して沸いてきたらさいの目に切った豆腐を交ぜ合わせる。仕上げに青ネギをぱらり。

香ばしい香りが立ち上ったところで、紺地に白のストライプが楽しい深皿に盛り付け、サラダ菜とトマトを合わせたボウルも一緒に食卓に出す。

味噌汁は小松菜と油揚げにしてみた。ごはんもちょうど炊けた。

「あー、いい匂いだ」

タイミングよく芹沢がキッチンに入ってきて、ひくひくと鼻先を蠢かす。

「配膳、手伝うよ」

「じゃ、このお皿をテーブルに」

木製のトレイを渡し、凛はごはんと味噌汁を椀に盛る。

「美味しそうだ。早速いただいていいかな?」

「はい、どうぞ」

「いただきます」

両手を合わせ、れんげで麻婆豆腐をすくって口に運ぶ芹沢が「ん!」と目を瞠る。

「うまい……! っわ、辛いな……!」

「鷹の爪、当たっちゃいました?」

氷がぎっしり詰まった水をごくごくと呷《あお》る芹沢の鼻の頭がすこし赤い。

「はー……美味しい。最高だよ。ほんとうに美味しい」

「よかった……大人向けの味付けにしてみたんだけど。……うわ、ほんとにからっ」

ふたりして水を飲み干しながら、熱々の麻婆豆腐を平らげていく。

サラダにも、味噌汁にも、ごはんにも箸が伸び、すべての皿が空になる頃には満腹になっていた。

「はぁ……堪能した……美味しかったよ、凛君。ありがとう、ごちそうさまでした。後片づけは俺がやるから」

「いえいえ、僕が」

「今日一日、うちのことをやってくれただろう。せめてものお礼だ。おかげで仕事も捗《はかど》ったし、皿洗いは好きなんだ」

汚れがこびりつかないうちにと食器を片づける芹沢が、食後の日本茶を淹れてくれたので、ありがたく飲むことにした。

ソファに移ってふうふうと湯飲みを冷ましていると、色違いの湯飲みを持った芹沢が隣に腰掛ける。

「今日は突然誘ってしまってごめん。でもありがとう。家の中に誰かがいるっていうのはいいね。落ち着いて仕事に集中できたし、美味しい食事にもありつけてしまった」

「でも、……なんていうか、はーちゃんがいないと、やっぱり静か……ですよね」

「うん」

芹沢が言葉を切ると、途端にしんと静まり返る。

気詰まり、というほどでもない。

強張るというわけでもないけれど、ある種の緊張感を孕《はら》んだ空気に晒されて、凛は顔を引き締める。

このままがいい、このままでいい。

静かに食事を終え、バスタイムを楽しんだら、ゲストルームを借りておとなしく寝よう。

「凛君」

「は、はい」

低い声にぴしりと背が伸びた。

そのことに気づいたのか、芹沢がちいさく吹き出し、「ごめんごめん」と肩を軽くぶつけてくる。

「……なんだか意識してしまうなと思ってさ」

「なにを、ですか」

「君のことを」

「芹沢さん……」

「君が好きだと言ったこと、覚えてる?」

夢中でこくこくと頷いた。

忘れるはずがない。

運命の番だとも言われたのだ。

「君とこういう時間を持てる日をずっと待っていた気がするよ。はるみにはすこし申し訳ないけれど――俺の気持ちは本物だ。凛君、君が好きだ。君が、欲しい」

どくんと心臓が跳ねる。

君が欲しい――そう言われた。

ということは、ただ触れ合うだけではなく、もうすこし先へと進みたいということなのだろうか。

湯飲みをぎゅっと握り締めていた手に、芹沢の骨張った手がやさしく重なってくる。

「ご褒美みたいな今日の最後に、君が欲しい。そう言ったら怒るかな」

「あ、の……あの、僕はほんとうに、たいした人間ではなくて……芹沢さんにそう言ってもらえるほどの者ではなくて」

違う、言いたいことはそうじゃない。

――僕だって、あなたが欲しいです。

そう素直に言えればいいのだろうけれど、ひと匙の躊躇いが凛の口をつぐませる。

「俺のこと、嫌い？」

ひょいっと顔をのぞき込まれた。

その表情がやけに楽しそうだったから、ゆるゆると緊張感が解けていく。

「ハグをして、キスもして、もうすこし大人っぽいこともした。俺としては、今夜君のすべてが欲しいと思っている。それは嫌？」

「……ずるいです、その訊き方。嫌だなんて……言えるはずない、じゃないですか……」

呼吸がうまくできない。

浅く吸って深く吐き出して、苦しくなる。

膝の上でぎゅっと拳を握り締め、おそるおそる目線を上げる。

先ほどとは打って変わって、真剣な芹沢の瞳とぶつかる。

「君が好きだよ」

おまじないにかけられるような気分だ。ふわふわと甘い綿飴《わたあめ》にくるまれた気がして、凛は意を決して瞼を閉じた。

穏やかに、くちびるが重なる。やわらかなマシュマロが触れてくるような。

だから凛も勇気を出して自分からもくちびるを押しつける。

ちゅ、ちゅ、と軽くついばまれ、くちびるの表面がしっとりと潤む頃、身体の奥にじわんとした熱の塊が生まれ始めていた。

芹沢のやさしさと情熱が同時に伝わってくる、そんなキスだ。

「……っん……」

じわじわと甘美な痺れが走り抜け、一瞬くちびるが離れた隙にはぁっと息を吐き出した。髪をまさぐられ、今度はもう少し強めにくちびるが吸い取られる。そうされると表面がうずうずし始めてじっとしていられない。

「……ん、んっ……」

彼のリズムについていこうと必死になる。いつの間にか、芹沢の背中に手を回し、しがみついていた。

もっと、教えてほしい。

もっと強いキスが欲しい。

ちろちろとくちびるの表面を舐められて、「あ……」と喘《あえ》げば、ぬるりと舌がもぐり込んできた。そのときにはしっかりと抱き竦められ、芹沢の厚い胸にすっぽりと収まっていた。

「あ、っ、ん……せり、ざわ、……っさ……っ」

にゅくりと蠢く舌が凛の快感を刺激する。

最初はぴりぴりする程度だったが、舌の根元をきつく搦め捕られ吸い上げられると、頭の中に熱い靄《もや》がかかる。

濡れた肉厚の舌にじゅうっと吸われて、逞しい背中をかきむしる。とろとろと伝わる唾液をこくんと飲み込めば、いたずらっぽく喉仏を人差し指でくすぐられた。

凛の口に対して、芹沢の舌はすこし大きめだ。

口腔を充分に犯されて喘ぎ、ぬるりとした淫靡《いんび》な感触をもっと追いたくなる。

「寝室に行こう。ここで君を暴くのは酷だ」

「……ん……」

朦朧《もうろう》とした意識で彼にすがり、立ち上がる。

よろけながらベッドルームへと入り、ああ、と息を漏らした。

今日、こうなることをどこかで知っていて自分はシーツを丁寧に整えたのかもしれない。

夏掛けを剝いで横たわらされ、ギッとベッドを軋《きし》ませて芹沢が覆い被さってくる。薄闇の中、震える手で彼の顔を探った。

両頰を包み込むと、微笑んだ芹沢がまたくちづけてくる。

前よりもっと淫猥《いんわい》に、ねっとりと。

息をもつかせぬ深いキスに溺《おぼ》れてしまいそうだ。リビングではやさしかったくちづけが、いまでは本物の男のそれに変わっている。

初めてのアルファとの交わり。

そう考えると緊張しそうだが、舌が首筋を這い、斜めに切り立った鎖骨《さこつ》の溝をちろりと舐め上げるとそれだけでぶるりと身体が期待に震えてしまう。

理性が追いつかないのに、本能はもう知っているみたいだ。

——この男が欲しい。このアルファのものになりたい。いっそ、うなじを噛まれたい。

「——ンッあ、あ、や、そこ……あ、っ」

服をゆったりと脱がされ、尖った舌先が乳首をつんつんとつつく。

くにゅっとへこむ奇妙な感覚にぞくぞくして思わず彼の頭を鷲摑みにしてしまった。

「やめてほしい？」

「ん、ん……ううん……でも……」

「でも？」

「なんか、へんな……かんじ、します……」

「それは君が感じ始めている証拠だよ。約束する、大切にする」

胸の尖りをくりくりと指でねじられ、きゅっとつままれたときには自分でも思ってもみない甘い声がほとばしった。

「や、や、あっ、あ、こえ、でちゃ……っ」

「我慢しないで、たくさん聞かせてくれ」

「んぅ……っ」

触れられる前まではただの突起でしかなかったそこが、芹沢の手によって性感帯へと替えられていく。

捏《こ》ねられるようにされると腰が揺れてしまう。くちびるで食まれ、ちゅく、と噛み締められればぐっと腰裏が持ち上がった。

「んんー……っ！」

「凛君はここが弱いみたいだ。たっぷり可愛がってあげるよ」

「ん、っん」

もう、頷くしかなかった。

なにも知らない身体にいくつもの痕《あと》がつけられていく。芹沢だけの熱が植えつけられていく。

べろりと大きく舐め上げられ、きつく尖りを嚙られる。

「あぁっ、あん、っあ、あっ」

じゅうっと音を立てて吸い上げられると、涙が滲むほどに気持ちいい。むず痒さがいまや甘い愉悦《ゆえつ》にすり替わっていて、凛を翻弄する。

そんなところ、感じるなんて思わなかった。風呂に入るときだって意識しないぐらいなのに。

芹沢の頑丈な前歯が食い込み、うっすらと歯形を残していく。

ちくちくとした針が内側から突き上げてくるような快感に身悶え、芹沢の髪をぐしゃぐしゃにかき乱す。

背中がしっとりと汗ばんでいた。

——昼間、替えたばかりなのに。

背徳的な快楽に息を荒らげ、乳首をしゃぶり続ける男の頭をぎゅっと抱え込んだ。

「凛君？」

「……っ、好き……」

思わず零れ出た本音だった。

この身体をまっすぐに求めてくれる芹沢が好きだ。

「好きです、芹沢さんが、好きです」

「……こら、図に乗るぞ？」

「いい、です」

「じゃあ、遠慮なく」

両手を使って大胆に胸筋を揉みほぐし、指を食い込ませてくる。

それをされると胸全体が疼いて疼いて仕方がない。

熱を孕んでピンとそそり勃《た》つ乳首をそっと口に含まれるだけで、達してしまいそうだ。

「はぁ……っあ……っあ……」

「イきたかったら何度でもイっていいんだよ。今夜は君をとろとろに蕩かしたい」

「あ、ん、でも、僕、……ばかり」

「これでも俺はまだ抑えてるほうなんだぞ？　本気を出したら君が泣いてしまうほど愛しちゃうな」

「……本気、見せてください」

「凛君」

呟いてから、自分の言葉のはしたなさにかあっとうなじが熱くなる。

煽《あお》るようなことを言ってしまった。

その証拠に、芹沢がすうっと目を眇《すが》め、射貫《いぬ》いてくる。獲物を前にした獣みたいだ。

「俺の本気、見たいの？」

「……僕だけに、見せてください」

「君以外に見せる相手なんていないよ」

言うなり乳首に吸いついてきて指で捏ね回し、ツツツと舌を下ろしていく。

臍のくぼみをくちゅりと吸われて、ねじられて、夢見心地で両足を開かされていく。

気のせいか、いつもより感度が鋭くなっている。

欲しくて欲しくてたまらないこの身体を、どうか受け取ってほしい。貪《むさぼ》ってほしい。骨すら残さないでほしい。

内腿に指が食い込み、ぐっと左右に割り開かれた。

「ッ……！」

下着を取り去られたそこは、芹沢の愛撫にしっかり反応していた。

勃ち上がる性器の根元を握り締め、芹沢は顔を近づけていく。

それがなにを意味するのか、はっきりとわかるのと同時に口いっぱいに頬張られていた。

「んん、ん、んっ、あぁっ……！」

手で触るのかと思っていたのに、いきなりしゃぶられて一気に射精感が鋭く募っていく。

「イく、イっちゃう、だめ、だめ……！」

「飲ませて」

「んん……っ！」

内腿をぶるぶる震わせ、凜は弓なりに身体をしならせてどっと放った。

あとからあとから溢れ出す白濁を吸い上げられ、狂おしいほどの絶頂感に見舞われる。

「……あ……ぁ……っも、……だめ、って、言ったの、に……」

「美味しかった。君の味が知れて嬉しいよ」

白い滴をぺろりと舐め取り、まだ硬度を保っている凜のそこをやわやわと握り締める芹沢は余裕たっぷりだ。

それが年上らしくて、だけどすこし悔しくて、彼のほうに手を伸ばした。

「……ずるいです、僕ばかり気持ちよくなって……」

「そんなことはない。君には悪いが、俺だってこれから快楽を味わうよ。君の身体すべてで」

雄の色香を刷《は》いたまなじりに見とれ、こくんと頷く。

芹沢は両足を大きく掲げてきて、双玉をねろりと舐《ねぶ》り回す。

まだ蜜がいっぱい詰まっていて、立て続けにイきそうだ。

そのまま舌がつうっと尻の狭間《はざま》に伝っていき、窄《すぼ》まりをやわらかにつつく。

たっぷりとした唾液で蕩かされ、続いて指がそうっと輪郭をなぞっていく。

「ん……」

アルファとオメガの男性同士の行為ではそこを使う。そのことは、知識としては頭に入っていた。

しかし、じかに体温とともに身体に刻み込まれるとなると、わけが違う。

やめてほしい、やめちゃいやだ。

相反する想いが胸に渦巻いて、じっと芹沢の出方を待った。

長く、節のはっきりした指がぬくりと挿り込んでくる。

それだけでぞわりと全身が総毛立つほどの快感が襲ってきて、混乱してしまう。

「なに、――なに、これ、っ、あ、あ、そこ、こするの……あぁっ」

「いまから俺が挿るところだ。ちゃんと解しておかないと」

「ん、んっ」

息が弾んでしまう。声が掠れてしまう。

いい、すごくいい。

初めてなのに、この身体は芹沢のすることを素直に受け取り、凛を快感の虜にしていく。

「はじ、めて……なのに、こんな……っ」

「俺たちは間違いなく運命の番だ。だから君も反応してくれる。気持ちよくなっていいんだよ。もっと、もっともっと」

呪文のような声が頭の中をぐるぐる駆け巡る。

指で抜き挿しされているだけでこんなにも気持ちいいのに、もっと先があるのか。

ぐちゅぐちゅと秘めやかな音を立てるのは、さっき凛が放った白濁と、オメガならではの分泌物のせいだろう。

自分でも意識できないぐらいに愛蜜が最奥からとろとろ溢れ出し、芹沢を喜ばせる。

「すっかりぐしょぐしょだ。濡れやすい体質なのかな、君は？」

「やっ、だ、いわな、いで……」

「からかったつもりはないよ、嬉しいだけ。これだけ俺に感じてくれてる証拠だ」

ねっとりと肉襞をかき回す指が奥へ奥へと挿ってくる。

第二関節が挿ったあたりだろうか。ぽってりと重たいしこりを見つけた芹沢が、そこを指で挟み、きゅっきゅっと揉みしだいてくる。

「あー……っあ、っんぁ、あっ……おかしく、なる……っ」

「なっちゃえ」

甘く囁かれて、啜り泣いた。快楽の涙が溢れて止まらない。

「君の中が蕩けて吸いつく……すごいな。俺自身が蕩かされそうだ」

「っん、はやく、はやく、きて、おねがい、だから」

「もうすこし」

指を二本、三本とまとめて挿し込み、淫靡な音を立ててかき回す芹沢に喘ぎ続けた。シーツはもうぐしゃぐしゃだ。

腰の奥のほうで、ずぅんと重い熱が待っている。

芹沢に貫かれるのを待ちわびている。

「もう……待てないかな」

身体を起こした芹沢がそこでようやくシャツのボタンを外して裸になっていく。

見事に盛り上がった両肩、そして広い胸にうっとりし、視線をゆっくり下ろしていったところで凛は顔中を真っ赤にした。

濃い繁みを押し上げるように、彼の雄が主張している。

力強く漲《みなぎ》っていて、怖いぐらいに太い筋がいくつも浮かんでいた。

それを目の当たりにしただけで口中に唾が溜まっていく。

「芹沢さん……」

「やさしくする、と約束するけど、……守れなかったらごめん」

すこし苦しげに眉根《まゆね》をひそめ、芹沢が身体を沈めてくる。

「ン——……！」

ゆっくりと、硬い楔《くさび》が挿ってくる。指で解したとはいえ、圧倒的な質量に声を失った。

「っ、……っ……！」

じわじわと抉り込んでくる凶器に腰がずり上がりそうだが、その寸前にがっしりと引き戻された。

「逃げないで」

「うん、は、い……っ」

額にやさしいキスがひとつ。

ずくずくと押し込まれ、先ほど指で散々擦られた箇所を張り出した亀頭がいやらしく舐め始めれば、嬌声《きょうせい》が止まらなくなってしまう。

「あっ、んあっ、せりざわ、さん……」

「つらくない？　……いい？」

「う、う、あ、っ、あ、おっきい……っ」

繊細でやわらかな場所をぬぐぬぐと犯されて、必死に彼の背中にしがみついた。

彼の背中も汗で湿っている。

熱く広いその背に爪を立て、芹沢が最奥まで埋めてくる頃には息が乱れっぱなしだった。

「……ここが、君の一番奥」

「ん……」

幾筋も涙がこめかみを伝って落ちていく。そこに芹沢が何度もくちづけてきて、重なりを深くしていく。

硬い雄芯《ゆうしん》に頭の中まで犯されているようだ。彼がすこし身動ぎするだけで、肉襞がじゅわりと潤い、ねっとりと絡みついていく。

鋭い兆《きざ》しに苛まれ、芹沢がゆったり動き始めた途端、ぎゅっと閉じた瞼の裏でまばゆい光がいくつも明滅する。

すこしずつ、すこしずつ、芹沢が動きを大きくしていく。

火照《ほて》った襞をかき回すかのように突いてきて、凛を振り回す。

芹沢が息を吐き、ぐっとねじ込んでくる。

凛のそこはぴっちりと芹沢に纏わりついて、彼をも狂おしくさせているようだ。

吐く息が荒い。

奥のほうから狂的な熱が溢れ出し、芹沢が抜き挿しするたびにぐちゅりと音を響かせる。

いい、と言う前に勝手に腰が揺らめいていた。

「せりざわ、さん、せり、ざわ……さ……っ」

湿った内腿で彼の逞しい腰をするりと撫で上げ、続きをねだってしまう。

「ああ、すごくいいよ……絡み付いてくる。ねえ、どうやってるんだ？　こんなに蕩けて君は俺をおかしくするつもり？」

汗がぽたりと落ちてくる。

ぐっぐっと突き込んでくる芹沢の太竿を全身で味わい、凛は胸を反らして喘いだ。身体の最奥に蜜が滴り落ち、淫猥な音を響かせる。

腰骨がぶつかり、互いの陰嚢《いんのう》が擦れ合う。

それだけで弾けてしまい、どくりと再び蜜を放ち、ますます凛を淫蕩《いんとう》な生き物に変えていく。

どこもかしこも熱っぽく、触れ合う場所から蕩けてしまいそうだ。

じゅぽっと引き抜かれるとすぐに物足りなくなって、引き留めてしまう。もっと、おかしくしてほしい。

もう一度最奥まで突かれて充足感に満たされ、二度と離したくない。

「もっと、……もっと、して……っ」

「わかってる。俺ももっとしたい」

芹沢の腰遣いが激しくなる。ぐちゅぐちゅと強く抜き挿しされて、鼓動が速くなる。

また、達してしまう。でも、今度は違う。

前よりもっと深いところで快楽の源泉が湧き出し、これ以上ないぐらいに芹沢を求めている。

にゅぐりと張り出した亀頭で最奥を突かれ、「あ――！」と声をほとばしらせた。同時にぶわりと身体中が熱を発散する。

「あ、イく、イく……っ」

「凛……！」

「も……ゆるし、て……まだ……イってるの、にぃ……っ」

なおも貫いてひとつになろうとしている芹沢が深くくちづけて、舌をきつく吸い上げてきた。

どくどくっと奥に熱が撃ち込まれる。飲みきれないほどの精液で満たされて、尻の狭間からとろりと零れ落ちていく。それが惜しくてきゅうっと締めつけると、荒い息を吐いた芹沢が倒れ込んでくる。

「よかった……最高だよ、凛……」

凛、と呼ばれて胸が熱くなる。

顔中にキスが降らされ、くすぐったさにふふっと笑って彼の頬を両手で包み込んだ。

「……初めてなのに……すごく、……感じちゃいました……」

「俺もだ。こんなにしっくり来るなんて嘘みたいだ」

汗ばんだ額を手の甲で拭い、男っぽい微笑みを向けてくる芹沢がくちびるを甘く吸い取ってくる。

「すごかったよ、凛。……あ、凛と呼んでもいいかな？」

「はい。……嬉しいです」

「だったら俺の名前も呼んでほしいな。篤志って」

「あ……篤志、さん……？」

「よくできました」

ちゅっと可愛らしい音を響かせたキスにふたりして笑い、目の奥をのぞき込む。

芹沢の瞳はまだ欲望に燃えている。きっと自分もそうだろう。

だから、本能に従って互いに抱き締め合った。

彼の腰が再びゆっくり動きだす。それに合わせ、凛もぎこちなく腰を揺らめかせる。淫《みだ》らな炎が身体の底でちろちろと噴き上げていた。

7

「はーちゃん、おなかすいた」

「じゃあ、家に帰っておやつ食べようか」

「たべる！」

元気いっぱいにバンザイするはるみを抱き上げ、「おやつはドーナッツだよ」と言うと、ますますご機嫌だ。

「どーなつだいすき！　おさとうふってある？　ちょこは？」

「お砂糖は振ってあるよ。チョコレートをかけたものもあるんだ」

「おみせでかってきたの？」

「ううん、僕が今朝作ったんだ。はーちゃんに気に入ってもらえると嬉しいんだけど」

「りんちゃんのどーなつ、たのしみー」

キャッキャッとはしゃぐはるみをぎゅっと抱き締め、公園を出ようとしたときだった。顔なじみのママが、「ねえ乃南さん」と声をかけてくる。

「昨日、ここで怪しい男性がうろついてたらしいんだけど、知ってます？」

「え、ほんとうですか？　何時頃に？」

「夕方ぐらい……五時過ぎかな。とも君、知ってるでしょう。あの子がひとりで砂場遊びしていたら、『僕も一緒に遊んでいい？』って声をかけてきたんですって」

「とも君が……無事だったんですか」

「ええ、他のママと話してたお母さんが気づいてすぐに来たから大丈夫だったの。その男性、目深にキャップをかぶって黒いTシャツにジーンズを身に着けてたんですって。たぶん二十代ぐらい……。もしかしたら、あれじゃない？　関東で騒がれている児童誘拐未遂事件の犯人とか……こんな身近な公園で起きるはずないって思ってたけど……うちの子が遊びに来たがったから用心しながら、ね」

心配そうなママと手を繋いでいた子どもが、不思議そうな顔で見上げている。

「お互いに気をつけないといけないわね」

「そうですね。気をつけましょう。教えてくださってありがとうございます。また明日」

「ええ、また明日。はーちゃん、またね」

「バイバイ！」

まったくもって他人事のはるみは笑顔で手を振っている。

芹沢と抱き合って数日が経ち、凛は以前にも増してはるみに愛情を注いでいた。

その裏側で、あの夢のような時間を忘れることはできずにいる。

恋人、という関係になったと認識してもいいんだろうか。

うなじを嚙まれたわけではないし、はっきりと「つき合おう」と宣言されたのでもない。

――とても、親密な仲。

その言葉以外に見当たらないが、いまは充分だ。

そもそもはるみを介して出会ったのだし、想いも通じ合っているのだ。これ以上の肩書きが欲しいなんて言ったら強欲だ。

――とても親密な仲だけれど、不安定。

「りんちゃん？」

胸の裡の惑いを見抜いたのか、はるみが頰に触れてくる。温かい手のひらにハッとし、笑顔を取り繕った。

「ごめん、ぼうっとして。早く帰ってドーナッツを食べようね」

「うん」

温かい塊を守るようにぎゅっとかき抱いて、芹沢宅へと急ぐ。

「よう、おかえり」

玄関に入ってみると、思わぬ人物が出迎えてくれた。

芹沢の同僚である飯野だ。

「取材先からふたりで直帰できたんで、お邪魔してたんだ。すぐに帰って記事まとめをしなきゃいけないんだが、その前にはるみ君に会っておこうと思って。すっかりはるみ君が懐いたみたいだな」

「はーちゃんね、りんちゃんのことだーいすき」

首にしがみついてくるはるみの丸い後頭部を撫でながら靴を脱ぎ、「飯野さんもドーナッツ、食べます?」と訊いてみた。

「たくさん作ってきたんですよ。よかったら」

「お、好物好物」

「ふたりとも、おかえり」

リビングから芹沢が顔を出し、はるみを受け取る。

「キッチンからずっといい香りがしてる。なにか甘いものかな?」

「はい、僕が作ったドーナッツです。みんなでお茶にしましょう」

「手伝うよ」

「はーちゃんも！」

ぱあっと両手を挙げてはしゃぐはるみに「わかったわかった」と芹沢が苦笑し、四人連れだってリビングへと入っていく。

凛が持参した紙袋からドーナッツを皿に盛りつけ、隣では芹沢が香り高いダージリンを淹れている。

「はーちゃん、どーなつもってくね」

「大丈夫？」

「だいじょぶ」

皿を渡してやると、真剣な顔をしたはるみが両手でしっかり受け取り、ソファで待っている飯野のもとへと運んでいく。

「いいのおじちゃん、どーなつ、どっちたべる？　おさとう？　ちょこ？」

「んー、悩ましいな。……チョコにしようかな」

「じゃあ、はい！　はーちゃんはおさとうがかかったやつ」

「紅茶もどうぞ。はるみはオレンジジュースだ」

「すまんな」

「わーい」

飯野にソファに座らせてもらって両足をぱたぱたさせながら、はるみがドーナッツにかぶりつく。

「おいし……！」

目をきらきらさせたはるみの口元いっぱいについた砂糖をティッシュで拭いながら、隣で芹沢もドーナッツをぱくついている。

「ほんとうだ。焦げ目が旨い」

「外がサクサクしているのに、中はもっちりだ。凛君、料理上手なんだな。芹沢が羨ましいよ」

「だろ？　渡さないぞ」

「お、堂々とのろけやがって」

軽妙なやり取りがくすぐったい。けれど、こころのどこかでは、――ほんとうに甘えきったらだめだという思いがある。

セックスフレンドになるつもりはけっしてないけれど、だからといって、「僕たちの関係ってどうなるんですか」と問《と》い質《ただ》す勇気もない。

意気地がないなと自省し、チョコレートがたっぷりかかったドーナッツを頰張る。

褒めてもらっただけあって、いい味だ。

「お仕事、お忙しそうですね」

「いいのか悪いのか……。連日新しい事件やスキャンダルが持ち上がって、どこの部署も大わらわだよ」

「なかでも、やっぱアレだな。関東児童誘拐未遂事件。あちこちで怪しい男を見かけたって情報が飛び込んできて、精査するのにも手間がかかってる」

真面目な顔で飯野がもうひとつのドーナッツに手を伸ばす。どうやら甘いもの好きのようだ。多めに作ってきておいてよかった。

「関東っていっても、埼玉、東京、神奈川と地域を跨《また》がっているからなぁ。いまひとつ絞りきれないのが難点なんだよな。二十代らしきオメガ男性だってことぐらいしか情報も挙がってこないし」

「それだと、僕にも当てはまる条件ですもんね」

唸《うな》る芹沢の横に座っているはるみが無邪気にドーナッツを頬張っているのが救いだ。

「もし、この子が攫われるなんてしたら……」

同じ想いが芹沢にも伝わったのだろう。はるみの髪をくしゃりと愛おしげにかき回している。

「いいかはるみ、知らないひとには絶対についていっちゃだめだぞ。やさしく声をかけられても、絶対にだめだ」

「うん。りんちゃんがいるからだいじょぶ。ね、りんちゃん」

「僕に任せてください。はーちゃんからは絶対に目を離しませんから」

「それにしても二十代の男性か……いまは皆目見当《かいもく》もつかないけど……。凛、……もし今度川奈君に会うようなことがあったら、気をつけてくれ」

「川奈さん、にですか？」

「考えすぎかもしれないけど、彼だって二十代の男性だ。ベビーシッターをやっていただけあって子どもの扱いはうまい。なにしろはるみの顔だって知ってるし、あの公園にもよく行っていたし」

「その公園で怪しい男が目撃されてるんだろ？　確か。どうだ、俺たちで数日張ってみないか」

飯野の提案に、芹沢は腕を組んで難しい顔をしている。

自分の口から川奈の名を出したとはいえ、怪しい、と言いきるには躊躇いがあるのだろう。

凛としても、川奈を疑うには惑いがあった。

公園で話したとき、彼が子どもをかどわかす雰囲気は感じ取れなかったのだ。

ただ、はるみと折り合えなかった、と感じていたぐらいで。

「そういや川奈って、前のベビーシッターさんか」

飯野の問いかけに、芹沢が頷く。

「悪い男じゃないよ。はるみがうまく懐けなかっただけで」

「でもこのあたりの土地勘はあるんだろ。だったらやっぱ、張ったほうがいい。他の魚が釣れる可能性もあるんだからさ。俺と芹沢で。凛君ははるみ君を守っていてほしい」

「……わかりました。おふたりとも無茶しないでくださいね」

「こう見えても俺はラグビー部出身だし、芹沢だってアルファのいいとこのボンボンだけど柔道の黒帯を持ってるんだぜ。不安になることはないない」

飯野は豪快に笑ってなだめてくれるが、心配ではある。

ひとまず、自分に課せられた使命を果たさねば。

「はるみ君からは目を離しませんから、けっして」

「任せたぞ」

「頼んだ」

大人同士で目配せし、合間にちんまり座っているはるみの頭を交互に撫でた。空腹が満たされて眠いのだろう、はるみはうとうとしている。

「お昼寝させてきますね」

「ああ、すまない」

飯野にもたれるようにして瞼を閉じるはるみをそっと抱き上げ、子ども部屋へと向かう。

三歳にして独立した部屋を持つというのは、あらためて考えてみるとすこし早いのではないかと思う。

ベビーシッター業を始める際、不思議に思って芹沢に尋ねたところ、『はるみの考えなんだ』と返ってきた。

『俺は一緒のベッドで寝ようって誘ったんだけど、くじら君と絶対寝たいって言い張って』

『くじら君?』

『あの子が寝るときにいつも抱き締めてるぬいぐるみ。俺の姉が亡くなる寸前に、はるみにプレゼントしてやったものなんだ』

だからあの子はくじらのぬいぐるみを離さない。ママの想い出が詰まってるから。

そう教えてくれた芹沢の横顔は愛おしげで、どこか寂しそうにも見えた。

まだ三歳なのだ、はるみは。

あのちいさな身体で過酷な現実をなんとか受け入れようとしている。

凛が面倒を見るようになってから、ひどい夜泣きを起こすということはなく、取り立てて我《わ》が儘《まま》やかんしゃくを起こすこともない。

ただ、いつも気づくと身体のどこかをぴたっとくっつけている。

外に出るときはかならず手を繋いだり抱っこやおんぶをせがんだりするし、家にいる際もちょろちょろと凛のあとをついて回る。

昼寝をするときは、『おなか、とんとんして』と言うので、ゆっくり眠れるように言うとおりにしてやっていた。

体温を欲しているのだ。

いまもそうだ。安心しきった顔でベッドに横たわるはるみのお腹をやさしくとんとんすると、寝息が深くなる。

丸みのあるお腹が一定のリズムでふくらんだりへこんだりすることに、じんわりと幸福感がこみ上げてくる。

この子だけには怖い思いを絶対にさせたくない。芹沢が思うのと同じぐらい、大事にしていきたい。こころからそう誓う。

『俺と一緒に寝たいって言うときもあるよ。そういうときは、たいていほんとうに寂しいんだと思う。だから、ぎゅっと抱き締めて眠る。あの子、一年中湯たんぽみたいなんだよ。寝相も悪いから俺は朝よくベッドの隅に追いやられてる』

芹沢は苦笑しつつそうも言っていた。

三歳の子がほんとうに寂しいとき。

考えるだけで胸が痛くなってくる。

守ってくれるひとがおらず、温もりもなく、こころ細いと感じた夜は、大人の男である叔父の芹沢にぴったりくっついて眠るのだろう。きっと、くじらのぬいぐるみも一緒に。

「……大丈夫だよ。はーちゃんは僕と篤志さんがかならず守るから」

やわらかな絹糸のような髪を撫でてやると、くふんと仔犬のように眠ったままのはるみが鼻を鳴らした。


芹沢と飯野が公園を張ってみると言い出してもう一週間が経つ。

行きつけの公園は平穏を取り戻したようで、学校も夏休みに入ったせいか、夕方になっても遊んでいる子どもの数が増えた。

子どもたちの親であるママたちは笑顔を取り戻しながらも、やはり用心しているようだ。それぞれに我が子がどこで遊んでいるか目を配り、親同士での情報を交換し合っていた。

このまま、事件が鎮火して、犯人も諦めてくれればいいのだが。

八月の太陽が眩《まぶ》しい午後、凛がはるみの手を握って公園に行くと、とも君が真っ先に駆け寄ってきた。

真面目そうな顔で、「はーちゃん、ぶらんこのろ」と手を伸ばしてくる。その背後にはとも君のママが立っていて、こちらに向かって頭を下げてきた。

「いこ、ともくん」

「ん」

「りんちゃん、ここでまっててね」

結構きちんと喋れるはるみなのだが、うきうきしているとたまに舌っ足らずになるのが可愛い。

「いってらっしゃい」

とも君とはるみを見送り、すぐそばのベンチに腰を下ろす。すると、とも君ママが近づいてきて、「いつもはーちゃんにはよくしていただいてます」と笑顔を向けてきた。

「こちらこそ、とも君に仲よくしてもらえて嬉しいです」

とも君ママと並んでベンチに腰掛ける。

「とも君、すこし前に怪しい男に声をかけられたそうですね。びっくりなさったでしょう」

「ええ、もうほんとうに。わたしが他のママと話していた隙を狙って、あの子に近づいたんです。智希《ともき》はとても慎重な子ですし、前々から知らないひとには絶対についていっちゃだめとよく言い聞かせてましたから、大事にはならずにすんだんですけど……心臓が縮む思いをしました。夫も大層心配して、休みの日はかならず三人で遊びに来るようにしているんです。この公園はお友だちに会えるからって言い張るので」

とも君ママは線の細い女性だ。

綺麗なピンクとオフホワイトのボーダーTシャツにジーンズという若々しさから、まだ二十代前半だろう。温厚そうな表情からも、ベータだと窺える。

不安の色を目端に滲ませた彼女に、凛はやさしく声をかけた。

「大丈夫ですよ。僕も毎日来ますし、一緒にはーちゃんとともも君を見守ります。それに、こころ強い味方がいるんです」

内緒だけど、と声を落とした。

「はーちゃんのパパとその同僚が、ここ一週間、夕方になるとこの公園を見張ってるんです」

「そうなんですか？　どうして？」

「ふたりとも雑誌記者で。今回の件を重く見て、ひとまずとも君に声をかけた人物が現れた公園を張ろうということになったんです。今日もあと二時間ほどすれば来るはずですよ」

「よかった……気に懸けてくれるひともいるんですね。警察も巡回を強化すると言ってくれたけど、終始見張るところまでは行ってないみたいだし」

「お互い、幼い子を持つ身ですもんね。力を合わせてとも君やはーちゃんたちを守りましょう」

「はい」

とも君ママは勇気づけられたように拳を握り、頬を紅潮させてこくりと頷く。

そのうち、とも君が先に戻ってきた。

「ままー、おなかすいたぁ」

「そう？　じゃ、おうちに帰っておやつにしようか。……乃南さん、今日はお先に失礼しますね。また会ったらぜひお話ししてください」

「こちらこそ。とも君、またね。バイバイ」

「バイバイ」

手を振って帰っていく親子を見送り、視線を戻すと、砂場に移動したはるみはひとりでお城作りに専念している。

一緒に手伝おうかなと立ち上がりかけたときだった。ジーンズのヒップポケットに入れたスマートフォンが鳴りだす。

液晶画面を見れば、懐かしい名前が表示されていた。以前勤めていたスーパーで親しかった横山だ。

「もしもし、乃南です。ご無沙汰してます」

『乃南君、よかった、繋がって。あの、あのね』

電話の向こうの声はひどく急いている。

『下の子が家にいないの』

「え？」

『学校から帰ってきてランドセルを置いて、遊びに行ったみたいなんだけど、どこの友だちの家にもいないの。今日は塾があるから早く帰ってくるって上のお兄ちゃんに告げていったのに、時間になっても帰ってこないの。それで私、心配になってあちこち電話をしてみたんだけど、いなくて——』

乃南君、どうしよう。

途方に暮れた声。

咄嗟にはるみを見やった。

視線に気づいたのか、はるみが顔を上げてにこっと笑いかけてくる。

「学校の先生にも連絡しましたか？」

『うん。さっき。塾にも電話したんだけど、来てないって。——どうしよう、あの子、もしかし最近噂になっているあの男に攫われたんじゃ……』

思いがけない方向から飛んできた球が頭にぶつかったみたいな衝撃に、くらりと目眩《めまい》がする。

「落ち着いて……お互いに落ち着きましょう。まずは警察に連絡してみてください。それから、僕たちのほうでも捜してみますから、お子さんの写真、メールで送っていただけますか」

『わかった。すぐに送ります。乃南君、なにか当てがあるの？』

「知人に、この事件を追っている雑誌記者がふたりいるんです。今日もちょうどこのあと公園に来る予定なので、協力してもらいます」

『ありがとう。恩に着ます』

「気をしっかり持ってくださいね。絶対に見つかりますから。随時連絡し合いながら手分けして捜しましょう」

『ありがとう』

　彼女は緊迫した声でもう一度言い、通話を切った。

　凛は砂場で遊んでいるはるみに駆け寄り、「はーちゃん、いったんおうちに戻ろうか」と言う。砂だらけの手をぱっぱっと払う幼子は「どうして？」と言いながらも、素直に凛の背に負ぶさってくれた。

　知り合いのママたちに「知人のお子さんが帰ってこないそうなんです。すぐに見つかると思うけど、皆さんも気をつけて」と呼びかけ、小走りに芹沢宅へと急ぐ。

　無事に家に着きしっかり鍵を閉め、はるみの手や顔を洗い、楽なルームウェアに着替えさせてからオレンジジュースを与えた。

はるみが無邪気にジュースを飲みながらテレビの子ども向け番組に釘付《くぎづ》けになっている間に、急いで芹沢へ電話をかける。ツーコールで相手は出てくれた。

『どうした？』

「じつは、僕の知り合いの横山さんってママさんのお子さんが帰ってこないって連絡があって」

一連の出来事を報《しら》せると、芹沢が低く唸る。

『キッズケータイとか持ってないのかな。ＧＰＳが搭載されてるタイプの』

「そこまでは聞いてませんでした。……あ、お子さんの写真が届きました。いま、あなたにも転送しますね」

スマホに届いた横山の子どもの写真を確認し、芹沢に送る。

お兄ちゃんと一緒にピースサインをしている写真だ。

誕生日祝いのときにでも撮ったのだろう。目の前にいちごのホールケーキが映っている。微笑ましい兄弟は面差しがよく似ていた。

「この下の子のほうがどうも行方不明みたいなんです。どこかで迷子になってるとか……」

『警察には届け出した？』

「すぐに連絡すると言ってました。僕たちにできることはありませんか？」

『とりあえず、すぐに飯野と家に戻るよ。君ははるみを見ていて。横山さんから電話があったら俺にもすぐに連絡して』

「わかりました」

ばくばくする心臓のあたりをシャツの上からぎゅっと掴み、通話を終える。

リビングから聞こえてくる賑やかなはるみの歌声がなによりもの救いだ。テレビ番組と一緒に歌っているのだろう。

いま頃、横山はどうしているのか。長男とふたり、肩を寄せ合って次男の帰りをじっと待っているのか。

なにかできないか。

自分にできることはないものか。

頭を巡らせるが、はるみから目を離すことはできない。

いつ、横山から電話が来てもいいようにスマートフォンを握り締めてはるみの隣に座ると、温かい塊がそっと寄り添ってくる。

「りんちゃん、どうしたの」

「ん？」

「なんか、あったの。こわいこと？」

「……ううん、なんでもない。大丈夫。もうすぐパパと飯野のおじさんが帰ってきてくれるって。

「はーちゃん、お昼寝はどうする？」

「んー……」

眠そうではあるが、まだ寝たくはないようだ。

むずかる仕草を見せつつ、凛にもたれて甘えてくる。幼いながらも、凛の不安が伝わっているのだろう。

ぴったりと身を寄せる子どもの肩をしっかり抱き、スマートフォンに視線を落としていたときだった。

インターフォンが鳴り、誰かが訪問してきたことを報せる。

はるみを抱き上げ液晶画面をのぞくと、思いがけない人物が映っていた。

川奈だ。

彼が訪ねてくるなんて、どんな用件だろう。

芹沢の不在中に通していいものか迷うが、「こんにちは」とインターフォンを通じて聞こえてくる声は真面目だ。

「いま、鍵開けますね」

オートロックを解錠し、しばらくすると部屋のチャイムが鳴る。

川奈ひとりで訪れたようだ。

「どうなさったんですか、突然」

「うん、あの、はるみ君はどうしてるかなってちょっと心配になってさ。さっき公園を通りかかったら、ご近所のママたちがなんだか慌てた様子だったから」

横山の次男が帰ってこないという噂が一気に広まったのだろうか。

七分袖の青のシャツにジーンズという軽装の川奈に不審なところは見当たらなかったから、ひとまず部屋に上がってもらうことにした。

「はーちゃん、川奈さんだよ。……はーちゃん？」

いつの間にかはるみは腕に抱かれたまま、こっくりこっくりしている。

「お昼寝したいみたいだね。静かにするよ」

「すみません。中へどうぞ」

いまはるみをひとりで寝かせるのは躊躇いがあったから、広いソファに横たえ、子ども部屋からタオルケットを持ってきて被せてやった。すぐにちいさな手がきゅっとタオルケットの端を握り締める。

「元気みたいでよかった」

どことなくほっとした顔の川奈に、「なにか飲みますか？」と訊いてみた。

「お構いなく。はるみ君の様子を見たかっただけだから」

「じきに篤志さんたちも帰ってきますから。紅茶でもどうぞ」

ダージリンを丁寧に淹れて渡すと、すこし離れた場所で眠っているはるみに見入る川奈が「ありがとう」とソーサーを受け取る。

「すっかり馴染んだようだな。よかったよ。この子のシッターを辞めたあとも気にはなっていたから」

「篤志さんも喜びます」

「……もしかして、ふたりはいい仲？」

無意識に篤志さんと呼んでいたことにいまさらながらに気づき、あ、と顔を赤らめる。

「いえ、なんていうか、その」

恥じらう凛に、川奈は可笑しそうだ。

「べつに隠すことじゃないのに。芹沢さんは真面目なひとだし、気遣いのできる君とはお似合いだと思う」

「……ありがとうございます」

耳たぶを熱くしながらわずかに頭を下げた。

「公園でなんかあったのかな」

「あの公園で、ということではないんですが、僕の知人のお子さんが家に帰ってこないって電話があって」

「どこか友だちの家に遊びに行ってるとかじゃなく？」

「どこにも行ってないそうです。予定していた塾にも顔を出してないみたいで」

「心配だな……」

カップを両手で包み込む川奈のなめらかな頰をふわりと湯気が撫でる。

その表情、声音に偽りは感じられない。

紅茶を飲みながら川奈はじっとはるみを見つめ、「俺も捜しに行ってみようか」と言いだした。

「そろそろ芹沢さんたちが帰ってくるんだろ？　人手はいくらでもあったほうがいい。その子が行きそうな場所を手当たり次第捜すとか」

「川奈さん……」

「俺も手伝うよ。うちの弟妹が同じ目に遭ったらやっぱりいてもたってもいられないからさ」

そうこうしているうちに玄関から賑やかな足音が聞こえてきた。

芹沢たちが帰宅したのだ。

「ただいま凜君、はるみ。……川奈君？」

「どうも、ご無沙汰してます」

突然の来訪者に芹沢は目を丸くしている。

「おっ、彼が噂のシッターさんか。こりゃまた……とんでもない美形だな」

あとから入ってきた飯野が驚いている。川奈の鋭い美貌を目の当たりにして、放心しているらしい。

川奈はというと、そんなあけすけな飯野に気を悪くするでもなく、くすりと笑う。

「ただのオメガですよ」

「いや、俺も仕事柄いろんな人物に会ってきたが、あんたほど綺麗な男は見たことないぜ。なあ、いまパートナーは？　恋人は？」

「え？　いや、とくにいませんが」

「なら、俺はどうだ？　俺をあんたの恋人にしてくれないか」

「は？」

「飯野？　おまえ、こんなときになに言ってるんだ」

同僚の爆弾発言に芹沢が声を上げ、次いでくくっと可笑しそうに肩を揺らす。

「まさかひと目惚れしたとか言うんじゃないだろうな」

「言う。完全なひと目惚れだ。川奈君といったな。これ、俺の名刺だ。いつでも連絡してくれ。君の申し出ならどこへでも駆けつける」

「あの、飯野さんとおっしゃいましたよね。……本気ですか」

向き合う形になると、飯野と川奈はほぼ同じぐらいの身長だ。そんな川奈の瞳をじっとのぞき込み、飯野は真剣な表情でこくりと頷く。

「伊達《だて》や酔狂《すいきょう》でこんなことは言わない。これでも俺は身持ちが堅いし、運命も信じてる。や、運命の番ってのはアルファとオメガだけの関係性をいうらしいが、ベータの俺にもチャンスをもらえないだろうか。頼む」

深々と頭を下げる飯野にしばしぽかんとしていた川奈だが、手にした名刺に視線を落とし、そしてお辞儀し続けている男を見やり、ちいさく吹き出した。

「あなたみたいなひとは初めてお目にかかりました。俺のどこが気に入りましたか」

「その顔」

「美人は三日で飽きるとよく言いますよ」

「いや、あんたは違う。黙ってると怖いほどに研《と》ぎ澄まされているのに、笑うと子どもみたいだ。ギャップがたまらん。もっと笑ってほしい。いろんな表情が見たい」

怒濤《どとう》の情熱的な言葉に、川奈の頰にうっすらと赤みが差す。

飯野の積極さに気圧《けお》されているのもあるだろうけれど、その言葉が本物だとわかったからだろう。

「ま、まあまあ、君たちが運命の恋に落ちたかもしれないということはめでたいが、とりあえずまた後日ゆっくり話すということにしないか。いまは横山さんの次男を捜さないと」

「お、そうだそうだ。俺としたことがのぼせてすまん」

「おまえはいつだってのぼせ気味だろうが」

混ぜっ返す芹沢のおかげで、緊張感がいくらか解けた。

そして大人四人、L字型のソファに腰を下ろし、先ほど送られてきた横山の次男の写真を見返す。

「学校から一度帰ってきたんだよな。ランドセルを置いて、その後どこかへ出かけた。しかし、行き先がわからない。塾にも友だちの家にも行ってない。だとすると、どこへ行ったんだ？　芹沢、どう思う。ほんとうに誘拐されたと思うか？」

「断定するのは早いが、頭には入れておいたほうがいいと思う」

「俺も手伝いますよ。さっき乃南君にも言ったんだけど、俺にも弟妹がいて、やっぱり心配だから」

美しい男の言葉に、「頼もしい」と飯野が何度も何度も頷いている。

その目尻が嬉しそうに崩れているのを見ると、本気でひと目惚れしたというのは間違いなさそうだ。

「二組に分かれないか。俺と川奈君、芹沢と凛君。凛君にははるみ君を見ていてほしいからここにいて芹沢と連絡係を頼みたいんだが、どうだろう」

「わかりました。大丈夫です」

「具体的にはどうするんですか」

すこし距離を空けて飯野の隣に座る川奈が振り向く。

「俺たちはまず、横山さんちに行こう。お母さんから直接話を聞いて、次男君がよく行く場所を洗いざらいピックアップする。いまはパニクってて思い出せない場所もきっとあるはずだ。小学生の子だろう？　友だちの家や塾だけが行き先じゃない。お気に入りのコンビニや、本人だけが秘密にしている公園とか寄り道する場所が絶対にあるはずだ」

「でも、本人だけの秘密だとしたら余計に探る方法が見つからない気がするんですが」

「そんなことはない。お母さんに頼んで、次男君の持ち物を確かめさせてもらおう。たとえば日記帳があれば、そこになにか大切なことが書かれているかもしれないし。よし、川奈君、早速行くぞ。芹沢、おまえは家族を守れ。はるみ君と凜君が心配だろ。動ける俺たちで動いてくるから」

「いいのか？　俺も一緒に……」

「不安そうな顔をしてるおまえをいま外には出したくねえよ。な、川奈君。フリーに動ける俺らで横山さんちに行こう」

「わかりました。ひと目惚れの話はまたあとで」

飯野たちが颯爽《さっそう》と部屋を出ていったあと、凜と芹沢は顔を見合わせた。

どちらからともなく、ちいさく笑いだす。

「こんなときになんだが、飯野はほんとうにすごい」

「川奈さんも呆気に取られてましたね」

「悪い感じじゃなかったから応援したいな。飯野はああ見えても細やかな気遣いができるし、度量も広い。どこか神経の細そうな川奈君のいいパートナーになるんじゃないかな」

「だとしたら僕も嬉しいです。川奈さん、はーちゃんが心配だからってここに寄ってくれたみたいだし……きっと、自分も噂の犯人像に当てはまる条件を持ってるから、余計に気に懸けているのかもしれません。僕と同じように」

「そうだな。……とりあえず連絡待ちか。よし、今夜は俺が手料理を振る舞おう。あいつらが帰ってきたときに一緒に食べられるように、カレーでも作ろうか」

「いいですね。お鍋いっぱいに作りましょう。僕も手伝います」

「なら、俺が買い出しに行ってくるから。君ははるみと一緒にいて」

「了解です」

スーパーへと出かける芹沢を送り出し、凛も「よし」と呟いてエプロンを纏う。

横山のことが心配でならないが、いますべきことをしなければ。

ひとまずはるみをそっと抱き上げて子ども部屋のベッドに寝かせ、リビングを片づける。

四人分のティーカップをきちんと洗い終え、ついでに気合を入れてバスタブも掃除することにした。

悶々《もんもん》としているときは身体を動かすのが一番いい。

バスタブ中に洗剤を吹きつけ、隅々までスポンジで磨いてザッと熱いシャワーを浴びせる。鏡もぴかぴかに磨いた。

清潔な香りが広がることにほっとし、ベッドルームも掃除し終えたところで芹沢が大きなエコバッグをふたつ提げて帰ってきた。

「買った買った。五人分のカレーともなると結構大荷物になったよ。飯野のために缶ビールも買ってきた」

「冷蔵庫にしまうの、僕がやります」

「はるみは？」

「子ども部屋で寝ていますよ」

「そうか。ありがとう」

軽く頰にくちづけてくる芹沢が子ども部屋に様子を見に行くかたわら、凜は野菜やら肉やらを冷蔵庫に詰めていく。

「よく眠ってる。あの子が熟睡してると安心するよ」

「わかります。穏やかな日常の証しですよね。……横山さんちの子、早く見つかるといいんだけど」

早々にカレーを仕込もうかとキッチンに立ったときだ。

芹沢のスマートフォンが鳴りだす。

「飯野からだ」

音声をスピーカーにして、凛にも聴けるようにしてくれた。

『凛君に教えてもらった住所どおり、横山さんちに着いた。横山さんも、長男君もとりあえず無事だ』

「よかった……次男君、まだ帰ってきてませんか」

『まだだな。さっき、お母さんに頼んで次男君の部屋に入れてもらった。ちょっと失礼してランドセルや机の中も拝見した。日記帳があったよ』

「なにか書いてあったか？」

芹沢の真剣な声に、『気になる記述がある』と飯野が答える。

『一週間前、コンビニで知らない男に声をかけられたらしい。次男君はとあるカードゲームのカードを集めるのが好きで、その日も学校帰りにお菓子付きのカードをコンビニで買ったようだ』

『そのカードを、店頭で確かめたところ、見知らぬ男性に声をかけられたそうです。「君もこのカードを集めてるの？」って』

声が川奈に変わった。

『電話よりビデオ通話のほうが話しやすいな。一回切ってかけ直すわ』

「わかった、待ってる」

二分もしないうちに今度はビデオ通話がかかってきて、スマートフォンの画面に飯野と川奈のふたりが映る。

川奈が数枚のカードを画面に映してくれた。

『このゲームです。次男君の部屋に、コレクションアルバムがありました。大好きだったようですね。日記にはこうも書いてありました。「来週、お互いの特別なカードを交換しないか」と持ちかけられたそうです。次男君がずっと欲しかったカードをその男性はダブって持っているから、要らないカードと交換しようと誘われたみたいですね』

「それが、もしかしたら今日なのか？」

『そんな気がする。アルバムは全部で七冊あったそうなんだが、一冊足りないんだ。それを次男君が持ち出して、その男に会いに行ったとは考えられないか？』

「可能性はある。コンビニの場所、わかるか」

『わかります。学校や家とは反対方向にある店です。いまから俺が行ってみます』

『俺はここにいて、横山さんたちを守る』

「川奈君、無理するなよ。なんだったら俺も――」

『芹沢さんははるみ君と凛君のそばにいてあげてください。いまは皆、正しい持ち場があります。力を合わせましょう。俺、こう見えても結構鍛えてるんで、万が一の場合でも大丈夫ですよ、切り抜けます』

「川奈さん、絶対に怪我しないでくださいね」

『わかった。凛君もしっかり』

通話を切ったあとも胸がどきどきしていた。

まるでテレビドラマの展開みたいだ。

「川奈君、無茶しないといいんだが」

芹沢も難しい顔をしている。

「……やっぱり、俺も行ってみるよ。川奈君ひとりじゃ心配だ」

「だったら僕だって置いてかないでください。はーちゃんだって心配です」

必死に言い募ると、「はーちゃんも！」と威勢のいい声が飛び込んできた。

振り返れば、子ども部屋で寝ていたはずのはるみがちいさな拳を振り上げて駆け寄ってくる。

「はーちゃんもいく！　ぱぱとりんちゃんといっしょにいく！」

「はーちゃん……」

「はるみ、ちいさな子が行く場所じゃない。おまえは凛君と一緒に家に」

「いくもん。なんか、こわいことあったんでしょ？　はーちゃんだってがんばるもん。だれかがいなくなったんでしょ？　はーちゃん、しってるもん。ともくんにこえかけたへんなおにいさんのこと」

「変なお兄さんのこと？」

「うん、ともくんにあそぼうってこえかけたひと、はーちゃんもしってる。りんちゃんにあうまえ、はーちゃんもあってる」

「ほんとうか？　どうしてそのことをいままで言わなかったんだ」

「さっきまでわすれてた」

けろりとした顔で言うはるみに、芹沢とともに脱力してしまう。

だがしかし。

芹沢がしゃがみ込み、はるみの両肩をそっと掴む。

「もし、その変なお兄さんにもう一度会ったら、このひとだってわかるか？」

「わかる」

「人違いしたりしないか？」

「しない。ちゃんとおもいだしたもん」

「なら、はるみも――凛も行こう」

立ち上がった芹沢が覚悟を決めた表情で振り向いた。

「ここでじっとしているよりも、川奈君の助太刀《すけだち》に向かおう。いますぐ」

「わかりました。はーちゃんは僕がおんぶしていきます。はーちゃん、絶対に僕から離れちゃだめだよ」

「わかた！」

ふんふんと鼻息を荒くしているはるみをしっかりおんぶし、頷き合った凛と芹沢は早足で玄関へと向かった。

8

目指したコンビニへと走り、ようやく辿り着いたときには芹沢とふたりして息を切らしていた。おんぶされているはるみだけが元気いっぱいで、凛に揺らされるたびキャッキャッとはしゃいでいる。

マンションが建ち並ぶ一角にそのコンビニはあった。両側を高層マンションに挟まれているものの、斜め向かいやすこし離れた場所にも他店舗があって激戦区のようだ。

そのなかで、横山の次男が向かったと思われるのはあまり目立たない店だ。

駐車場を完備した大型店ではなく、以前は個人商店だったのがコンビニに転身したのだろうと窺えるちいさな店構え。

一応、他のコンビニも見て回ったが、横山の次男の姿は見当たらなかった。

「あそこだよ、りんちゃん」

はるみが確信めいた声で後ろから肩越しに指を伸ばす。

「川奈君がいる」

違うルートから来たらしい川奈が凜たちの姿を見つけて、驚いた顔で足を留める。

互いに横山の次男を捜すのが目的だ。下手に騒がず、目配せだけして店に近づく。

素知らぬふりをして、先に川奈が、続いて芹沢、凜とはるみが店内に入った。

ぎっしりと商品棚が並ぶ店内は表から見たよりも意外と奥行きがある。

「……あ！」

はるみがちいさな声を上げた。

その声に川奈と芹沢、凜がまっすぐ店の奥を見る。

黒いキャップ、Tシャツとジーンズという軽装の若い男性が小学生らしき男児と並んでイートインコーナーに腰掛けていた。

親しげに顔を寄せている男性の背中に見覚えはない。

ただのカード交換なのか、それとも誘拐未遂犯なのか。

「——じゃあ、これから俺の家に来る？　もっとたくさんのレアカードがあるんだ」

「ほんと？」

「うん、君のカードとも交換できるよ。家はすぐそこだから」

「でも……お母さんに言ってないし」

「大丈夫だよ。なんだったら俺の家から電話すればいいよ。カードを交換してから帰るって。ね?」

その猫撫で声に背筋がぞくりとする。

こんな仄暗《ほのぐら》い声で小学生男児を誘う成人男性はいちゃいけない。

待て、と声を張り上げようとした寸前、「だめ!」と澄んだ声が背後から聞こえてきた。

「はーちゃん……!」

「だめだよ、おにいちゃん、ついてっちゃだめ! そのおとこのひと、だめなひとだよ!」

咄嗟に振り向いた男性の顔が怒りに醜く歪んでいる。

彼が横山の次男の肩を摑むのが早かったか。

川奈、芹沢が男を押さえ込むのが早かったか。

瞬きひとつすれば芹沢たちに囲まれた男が激しくもがき、そばでは横山の次男が泣きそうな顔をしている。

慌てて駆け寄り、「横山君だよね、大丈夫?」と声をかけると、ひっくひっくと洟《はな》を啜りながら頷く。

「お母さんが心配してるよ。家に帰ろう?」

「うん……うん……」

「こっちは警察に電話する。凛は横山君のお母さんに電話してあげて。無事に見つけたよって」

「わかりました」

「くそ――くそ！　邪魔すんな！」

男が暴れるが、川奈にがっちりホールドされている。

「往生際が悪いな。あんたがここ最近騒ぎを起こしてた児童誘拐未遂犯か」

「っんなわけないだろ、ただカード交換しようって誘っただけで……」

「とりあえず、警察で話してもらおうか。後ろめたいことがなければ、即放免となるだろう」

低い声で詰め寄る芹沢に、男がびくんと肩を震わせた。

目を泳がせている男。

すこしでも隙を見せればいまにでも逃げ出しそうな男。

彼が牙を剝かないうちにと芹沢が警察に電話をかけ、コンビニ店員も慌ただしく近づいてくる。

はるみを背負った凛はその場をそっと離れ、店の外に出たところで横山に電話をかけた。

「もしもし横山さん？　次男君、無事に見つかりましたよ」

確保した男は、案じたとおり児童誘拐未遂の容疑者当人だった。

パトカーがコンビニ前に乗り付けると男は悄然と肩を落とし、警官たちに取り囲まれて表情を失っていた。

詳しい話を聞きたいという要請を受けて芹沢と川奈が署まで出向くことになり、凛ははるみとともにひと足先に家に帰ることにした。

横山の次男も事情を警官に訊かれていたが、芹沢たちがついていていたせいか、涙はもうなく、はきはきと受け答えをしていた。

『お母さんとお兄ちゃんに心配かけてごめんなさい』と肩を落としていた次男を、芹沢と川奈と三人で『無事だったからいいんだよ』と励ました。

その横で、はるみがにこにこしていた。子どもの鋭い勘や記憶力は侮《あなど》れないものだとあらためて感じる。


「よかった……ほんとうによかった。乃南君や皆さんのおかげです」

事態が落ち着いた数日後、横山が長男と次男を連れて、芹沢宅を訪ねてきた。

「あのとき、すぐに乃南君に電話してよかった。考えすぎかもしれないって思ったけど……不安でたまらなくて」

「大事に至らなくてよかったです。それに、芹沢さんたちもいたし」

「家で待機している間、飯野さんにもずいぶん励まされました。ほんとうにたくさんの方にお世話になってしまって……お騒がせしてすみません」

玄関口で深々と頭を下げる横山に、芹沢は「頭を上げてください」とやさしく声をかける。

「幼い子を持つ者同士、助け合えてよかったです。お役に立てて光栄です」

「もう、こんなことが二度と起きないよう、今後はしっかりしていきます。それでこれ、なんのお礼にもならないけど……クルミのパウンドケーキ、よかったら」

「ああ、以前いただいたいてとても美味しかったケーキだ」

「わーい、けーき！　これ、おいしかった」

凛が抱いていたはるみが両手を伸ばし、ふんふんと鼻を鳴らす。

「いいにおーい……はやくたべたい。でも、たべたらなくなっちゃう」

「ふふ、ありがとう。簡単なレシピだからまた作ってくるね。あ、乃南君にもレシピ教えようかな。それだったらいつでも作れるでしょ」

「嬉しいです。横山さんみたいに外側さくさく、中しっとりに焼き上げられるか心配ですけど」

「俺が作ってみたいな」

「篤志さんが？」

思ってもみない言葉に振り仰ぐと、ケーキの入った紙袋を受け取る芹沢が「うん」と頷く。

「いつも凛に作ってもらってばかりだから。横山さん、俺にもレシピ教えてもらえますか」

「ぜひぜひ」

あとからメールでお伝えしますね、と横山は言って、ふたりの息子とともに何度も頭を下げて帰っていった。

「よかった……ほんとうに大事にならなくて」

「飯野や川奈君にも世話になったね。飯野はスクープが獲《と》れたと言って大喜びしてたよ」

「ですよね。なんたって未解決になりそうな容疑者を捕まえられたんだから」

凛もほっとし、はるみを抱き直す。

容疑者の男が観念し、すべて自白したことで関東児童誘拐未遂事件は解決へと導かれた。

『弟みたいな存在が欲しかった』

それが、犯行の動機だそうだ。容疑者は幼い頃立て続けに両親を亡くし、施設に預けられた。

しかし、内気だったこともあり、どうしても周囲とは馴染めず、終始孤独だったようだ。

『自分に弟や妹がいたらと思って、幼い子が興味を持ちそうなカードゲームで誘いました。車に連れこむ策はうまくいかなかったので、子どもが好きそうなカードゲームなら話に乗ってくると思って』

警察の取り調べで容疑者はそう漏らしたという。

テレビや新聞紙、各雑誌はいっせいにニュースを報じ、ひとりも被害に遭わずに容疑者確保に至ったことを喜んだ。飯野も芹沢も、所属する『週刊桜庭』で特報を打った。

なかでも事件現場に密着していた飯野の記事は鬼気迫るものがあり、『週刊桜庭』はおおいに売り上げを伸ばしたようだ。

芹沢はあえて表に出ないことを選んだ。自分も幼子を抱える身だし、と飯野のサポートに徹した。流血沙汰にならなかったのは不幸中の幸いだ。横山の次男やはるみの目に、荒っぽい大立ち回りは映したくなかったから。

「そういえば明日の夜、飯野と川奈君が家に来たいとメールが届いてたよ。早めだけど、パーティしちゃおうか。土曜の夜だし」

「ぱーてぃ、やりたい！」

「一番の功労者ははるみだよな。おまえが容疑者の顔をちゃんと覚えてたんだもんな」

「こうろう、しゃ？　なに、それ」

「偉いことをした、がんばったひとのことだよ」

芹沢が幼いながらにも綺麗な鼻筋をすうっとなぞれば、はるみはくすぐったそうに肩を竦めて笑う。

「はーちゃん、がんばったよ。よこやまのおにいちゃんまもれた？」

「うん、守れた。格好よかったよ」

「ふふ、はーちゃんかっこいー」

バンザイして喜ぶはるみと芹沢との三人で、明日はなにを作ろうか、どんなパーティにしようかと話し合い、ついでに「今夜も泊まっていきなよ」という言葉に頷くことにした。

ここ数日、ずっと気を張り、ほぼ芹沢宅にいたのだけれど、横山のほっとした顔を見られた今日は特別だ。

「お言葉に甘えます」

「今日は奮発して寿司でも取ろう。君にもずいぶんがんばってもらった」

はるみを受け取り、丸みのある背中をぽんぽんと叩く芹沢がにこりと笑いかけてくる。

「お疲れさま、凛」

「あなたも。篤志さん」

はるみが芹沢の広い胸に顔をぐりぐりと押しつけて甘えている隙に、軽くくちびるを触れ合わせる。

温かな想いが胸に広がり、満たしていく。

明日はなにを作ろうか。

みんなが喜ぶようなメニューはなんだろう。

9

「おお、骨付き唐揚げ！」

「しかも揚げたてだし、てんこ盛り。これ、全部手作りですか」

「ああ、今夜のためにみんなでがんばったよ」

「ぱちぱちっていってたー。あっついの」

「はるみ君もお手伝いしたんだな、偉いね」

キッチンのテーブルに盛り付けられた唐揚げの山に、飯野と川奈が歓声を上げ、はるみがはしゃぐ。

その様子に気づいた川奈がしゃがみ込んでちいさな頭をそっと撫でると、一瞬目を瞠ったはるみが次の瞬間花がほころぶような笑顔を見せた。

「……うん、がんばった。か、……かわなのおにいちゃんも、かっこよかった」

「ほんと？　見てくれてた？」

「うん！　ぜんぶみてた。わるいやつにこう……、がっーとして、ぎゅってして……すんごくかっこよかった！」

拳を握って頬を紅潮させるはるみに、川奈が目尻をやわらかくさせる。

「よかった、はるみ君に見てもらえて」

「……はーちゃんて、よんで、いいよ」

大人がじっと見守る中、はるみの声がぽそりと響く。

「……はーちゃん……？」

「うん！」

今度は川奈が満面の笑みを見せ、両手を広げる。

「はーちゃん、おいで」

「……うん！」

ぴょんとうさぎみたいに飛び込んでいく温かい塊をしっかりと受け止め、川奈がひょいっと抱き上げる。

「わ、たかーい」

「ふふ、……こういうふうに仲よくすればよかったんだ」

微笑ましい光景に芹沢も凛も飯野もほっと胸を撫で下ろし、「さあさあ、椅子に座って」「パーティ始めましょう」とうながす。

「今日は飲むぞ。ビール二ダース買ってきた」

「とっておきのワインもあるぞ。いい冷酒もある」

テーブルの主役は揚げたての骨付き唐揚げを大皿に盛ったもの。そしてコーンやニンジンの彩りが楽しいポテトサラダ。ホットビスケットも焼いてみた。

子どもでも大人でも気兼ねなく楽しく食べられるよう、ついつい手が出る品を揃えたつもりだ。

土曜の夕方から始まったパーティは和やかな空気に包まれていた。

なによりも、はるみが終始楽しげな笑い声を上げていたことだろう。

凛や芹沢にはもちろんだが、川奈と飯野にも笑顔を振りまき、「もっとたべる？　こっちのさらだもおいしいよ」とふたりに勧めていた。

どこに行っても甘やかしてもらえる嬉しさに浸っているのだろう。芹沢の膝に座っていたかと思ったら凛にぴったりと纏わりつき、充分に温かさを堪能したあと、今度は飯野によじ上り、最後は川奈におんぶしてもらっていた。

「俺ももっと早くに気づけばよかった。はーちゃんと仲よくなれて嬉しいです」

ビールを空け、ワインも空け、とびきり美味しい冷酒を舐めながらよもやま話に花を咲かせる頃、はるみはスイッチが切れたように川奈に抱っこされながらうとうとしていた。

「いまだから言えることなんですが……じつは俺の弟、高校三年生なんですけど、大学受験前のプレッシャーのせいか急にグレちゃって。学校はサボるし、あまりたちのよくない友だちとつるんでるらしいって妹から電話がちょくちょくかかってきてたんですよ。その電話が来るタイミングがまずいことにはーちゃんを見ているときで。警察にも何度か補導されて、絶対に両親は呼ばれたくない、兄貴の俺に来てほしいって本人からの要望もあって……つい。仕事に私情を挟んでしまって、すみませんでした」

「そうだったのか。心配だっただろう。言ってくれたらよかったのにと思うが……身内のことはなかなか切り出せないよな。こちらこそ、そういう事情があったことを察知できずにすまなかった」

「芹沢さんのせいじゃありませんよ、気になさらないでください」

「いまはどうなんだ？　落ち着いたのか？」

飯野の問いかけに、川奈がこくりと頷く。

「俺に懐いていた弟なんで、じっくり話し合いました。俺が勘当された件も影響していたみたいです。家族なのに追い出すのかって。それはまあほんとうのことなんだけど、俺ももう大人だし、ちゃんとやってるから大丈夫だって。おまえもいつか自立できるようにしっかり現状を乗り切れと言い聞かせました。おかげでいまはちゃんと学校に行っているみたいです」

「受験前は誰でもナーバスになるからなぁ。弟さんの気持ち、わかる気がするよ。いい兄貴がいてよかったな。偉いぞ、川奈君」

「いえいえ、不出来な兄です」

鼻の頭をかいて照れている川奈の杯に酒を注ぐ飯野が頬をゆるめていた。

「んー……」

川奈の胸の中ではるみがもぞもぞする。

「はーちゃん、部屋に行ってもうねんねしようか」

「やだぁ……もっとかわなのおにいちゃんとこ、いる……」

シャツの胸元をぎゅっと握って離さないはるみに飯野が、「こりゃ離れそうにないな」と苦笑する。

「どうしようか。もしおまえたちさえよければ、一日ぐらい俺が預かるぞ」

「飯野さんが？　ぎゅっとされてるの、俺なんですけど」

「だーかーらー、これを口実にもっとおまえにアタックしようと思ってるわけ」

「懲《こ》りないひとだな」

どうやら、飯野は本気で川奈を口説いているらしい。

「な、な、頼む。この天使君がいれば絶対に俺と川奈君の距離が縮まる。今日だけでも貸してくれないか」

「ぬいぐるみじゃないんだけど」

吹き出した芹沢が身を乗り出し、向かいの川奈の胸にもたれているはるみに声をかける。

「なあはるみ。どうする？　今夜、川奈君と飯野のところでねんねするか？」

「……ん！　はーちゃん、かわなのおにいちゃんとこで、ねんね」

「よーしよしよし、いい子だ。なら決まり、俺も川奈君ちにお邪魔するな。ボディガードとして」

「いいのおじちゃん、たばこ、すわないってやくそくする？」

「……約束する」

ぐっと堪えた飯野がうずうずと肩を揺らし、「最後の一服」と言ってキッチンの換気扇の下に走っていく。

その後ろ姿を見ていた川奈が「よかったら」と笑う。

「ひと晩お預かりしますよ。俺もシッター業やり直したいし」

「迷惑にならないか」

「大丈夫です。かえって、嬉しいです。……はーちゃんがこんなふうに甘えてくれるなんて思わなかった。お礼を言いたいぐらいです。ありがとうございます」

「こちらこそ、はるみを気に懸けてくれてありがとう」

お礼を言い合う芹沢と川奈をよそに、はるみはすでに夢の中だ。

「夜中に起きて迷惑をかけるかもしれないよ。大丈夫？」

「任せてください。これでも弟妹の面倒を見ていた身です。幼い子には慣れています」

「じゃ、パジャマとお気に入りのぬいぐるみと明日の着替えと……」

「僕がバッグに詰めてきますね」

笑って凛は立ち上がり、子ども部屋へと向かう。

ボストンバッグにちいさな服を丁寧に畳んで入れ、はるみが気に入っている白くじらのぬいぐるみを一番上に載せた。これがあれば、夜泣きがあっても最小限に収まるだろう。

とも君の家、そして今夜は川奈の家に預けるなんて、はるみの成長を感じる。

ボストンバッグを持ってリビングに戻れば、帰り支度を整えた川奈たちがいた。はるみをしっかり抱き締めている。

「明日の昼頃、お返しに上がりますね。一日ぐらい、芹沢さんたちもゆっくりしてください」

「はは、賑やかなはるみがいないのはちょっと寂しいな」

「僕も。明日は早起きしてはーちゃんを待ってます」

「じゃ、俺らは帰るわ。今日はごちそうさん。ごゆっくり、な」

意味深にウインクする飯野が、はるみを抱いた川奈に寄り添って部屋を出ていく。

ぱたんと扉が閉じれば、静寂が訪れる。

さっきまで笑い声が絶えなかった部屋が静まり返り、空虚感が漂う。

しばし玄関に立ち尽くしていると、ぽんぽんと頭を撫でられた。

「そう気落ちしないで凛。はるみがいないぶん、今夜は俺の相手をしてくれるだろう?」

「……篤志さん、もう」

ぎこちなく身体を擦り寄せ、やさしく降ってくるくちづけを受け止めた。

「後片づけ、……してから」

「俺がするよ。その間、君はお風呂に入っておいで。ゆっくりでいい。俺にキスしてほしいところ全部、洗っておいで」

はい、とちいさく頷く。

久方ぶりにふたりきりなのだと思ったらにわかに緊張してきた。

右足と右手が一緒に出てしまうほどガチガチになり、ぎくしゃくとバスルームへと向かう。

洗いたてのタオルと下着、置かせてもらっているパジャマを用意し、熱い湯を頭から浴びた。

無心になって身体中を泡立てる。

——キスしてほしいところ。

首筋に鎖骨、胸や腋《わき》の下、内腿をとくに念入りに洗った。

秘部にも触れようかとしたのだけれど、自分ひとりでこなすのはまだ難しい。

できるだけ丁寧に洗い、ラベンダーのオイルを垂らしたバスタブに浸かれば仕上がりだ。

手足を伸ばし、瞼を閉じる。

はるみはもう、すっかり夢の世界の住人だろうか。川奈も飯野も、幼子の寝姿を肴《さかな》に、また飲み直しているのかもしれない。

あとで一度メールしておこう。

ゆだってきた意識で考えながら風呂から上がり、ふかふかのバスタオルで身体をくるむ。

このいい香りにもすっかり慣れた。芹沢宅で使っている洗剤や柔軟剤が、自分をほっとさせる香りになっている。

「上がったかい、凛」

「は——はい」

「じゃ、今度は俺の番、ベッドサイドに冷えた麦茶を置いておいたから、待っていて」

入れ替わりに芹沢がバスルームにやってきて、大きく伸びをし、服を脱ぎだす。

引き締まった腹がちらりと見えた瞬間、かっと頬が熱くなり、その場を逃げ出すようにベッドルームへと駆け込んだ。

芹沢がわざわざ用意してくれた麦茶を飲んでも、まだ動悸《どうき》が治まらない。

ベッドに横たわり、ぎゅっと身体を丸める。よく、はるみがしているように。

手も足も縮こめて胎児のような格好になると、自分の心音だけが耳に届く。

とくとくと途切れない鼓動に合わせて深く息を吸い込み、吐き出す。それを繰り返しているうちに、やっと拳を広げることができた。

開いたり、閉じたり、開いたり。

この手にできることはなんだろう。

はるみをこれからも守っていけるだろうか。

そして、芹沢を愛することはできるだろうか。

自分はまだ弱い。ひとりでは横山の次男を助け出すことは到底できなかった。

芹沢たちの手を借りられたからこそ、なんとか成し遂げられたのだ。

「凛」

「は、はい」

薄闇の中、突然聞こえてきた声にびくりと背を震わせれば、後ろからゆったりと抱き竦められた。

「もしかして、ひとりじゃなにもできないとか考えてる?」

「……バレました？」

「俺に隠し事はできないよ」

くすりと笑い、芹沢がまだいくらか湿っている髪を撫でてくれる。

「君は弱くなんかない。愛される強さがあるじゃないか。俺に、はるみに、それに飯野や川奈君にも。愛されるというのは思っている以上に大変なことだぞ。意識してできることじゃない。はるみを守ってくれたのは、君だよ」

「篤志さん……」

「俺みたいな重い愛情を寄せる男だっている。俺はひとでも物でも一度手に入れたら離せない。とりわけ君は絶対に手放せない」

胸を打つ熱い言葉に思わず振り返ると、くちびるが甘く重なった。

呼気を奪うような強いキスに、一気に身体に火がともる。

ねろりと舌を搦め捕られてうずうずと擦り合わされる。

「っん……」

ヒートを起こしてしまいそうな激しいくちづけに、くらくらする。じゅるっと吸い上げられて呻くと、髪をまさぐる手に力がこもる。

歯列を丁寧になぞる舌先に応え、凛もおずおずと触れ合わせた。くねる舌はからかうように逃げ、確実に凛の弱いところを探り当ててくる。

上顎をちろちろと舐められながらパジャマを脱がされ、ボクサーショーツ一枚になったところで下肢にぴたりと手が這わされた。

「……もう硬くなってる」

「っ、それ、は……篤志さんが、やらしく……さわる、から……」

下着越しに性器を捏ねられれば、どうしたって喘いでしまう。

ああ、と身体をしならせると、裸の胸に芹沢が吸いついてきた。

「んん……っ！」

ちゅくちゅくと嚙み転がされるのがたまらなくいい。ぴりぴりした甘痒い刺激が走り抜け、じっとしていられない。

夢中で彼の頭を両手で摑み、胸に押しつけてしまう。もっとしてほしくて、もっとおかしくしてほしくて。

「こんなに真っ赤にふくれ上がって……いじらしいな、凛は。乳首で感じるようになった？」

「……ん、……」

こくこく頷く。すると乳首を舐る舌がさらにきつく絡んできて、じわんとした淫靡な熱が頭の中に広がる。

「凛は乳首を噛まれると気持ちいいみたいだ。虐められると感じちゃうのかな？」

「ち、が……っあ、あっ、あぁ、あつし……さ……っ」

「ほら、当たり」

根元を強く食まれながら下肢を揉み込まれると、射精感が鋭くなっていく。

「やぁ、っあ、っだめ、すぐ——イっちゃ……っ」

「いいよ。朝まで何度もイかせてあげる」

「う、んっ、あ、あ——あ……あっあ、あっ！」

どくんと熱の塊が身体の最奥から飛び出していく。

まだ下着を穿いているのに。

じゅわっとボクサーショーツを濡らす感覚にしゃくり上げると、下着の縁を引っ張って焦らすようにずり下ろされていく。

「はは、とろっとろだ」

「いわ、ない……で……」

つうっと蜜が糸を引いて、びくっと肉茎がしなり出る。

放ったばかりだからまだとぷとぷと蜜が先端から溢れ出している。間近で見られているのかと思うと、羞恥のあまり消えてしまいたくなる。

「や、だ……そんな、見たら……あ、あ、あつし、さん……っ」

邪魔なものを取り去ったそこをぐちゅりと咥え込まれて、悶え狂った。

ずきずきと腰裏が痛むほどの凄まじい快感に振り回され、「あ、あ」と絶え間なく声が漏れ出てしまう。

「今夜の凛はヒートを起こしているみたいだ。こんなに濡らして……いい子だ」

「う……う……んっ……あ……あぁっ……あ……っやぁ……っ」

じゅぽじゅぽと遠慮なくしゃぶられて、何度も何度も軽く達してしまう。

芹沢の口腔内に蜜を放ってしまうのを止められない。

だめ、やめて、と繰り返しているのに、腰が淫らに揺れる。

この先の衝撃を期待するかのように。

肉竿を愛撫されるのと同時に、窄まりにも指が忍んでくる。こわばりを解すために孔《あな》の周囲を指の腹でしっとりとりと擦って熱を植えつけていく。

幾分かほころんだところで凛の蜜を助けにぬるりと指が侵入してくると、違和感に腰がずり上がるが、けっして嫌な感触ではない。

凛を気遣うようにやさしく、じっくりと肉襞を擦る指に息が切れる。

「あっ……や……そこ……う……ん……っ……」

「気持ちいい？」

「ん、うん、……きもち、い……」

熱を孕まされながらじゅくじゅくと指が出たり挿ったりし、身をよじってしまう。

「……っほし、い、篤志さん、欲しい……っ」

「もう？」

「も、だめ、だから……おねが、い……！」

「君のおねだりには逆らえないな」

くすりと笑って身体を起こした芹沢が、ゆったりとパジャマを脱いでいく。

しっかりと鍛え抜かれた肢体を目にすると、体温が急上昇しそうだ。

濃い繁みをかき分けてぐんと押し上げる雄の根元を持ち、軽く二度、三度と扱く芹沢の息も浅い。

「このままじゃ君がつらいから」

ローションを使うよ、と言って、芹沢がベッドヘッドの抽斗《ひきだし》を開けてボトルを取り出す。

とろみのあるローションがぬちゃりといやらしい音を立てて、彼の手のひらで捏ねられる。それを自身にまぶし、塗り広げ、凜の秘所も湿らせていく。

先ほどよりもスムーズに指が挿入され、もったりと重い熱を孕む箇所を掠められると、勝手に背中が浮いてしまうほどに感じた。

「あ、っ、そこ、んん、んぅっ」

「ここを俺のもので擦ってあげる」

淫蕩な響きで囁く彼が深く息を吐き出しながらずくりと貫いてきた。

「ん――ん……ッあ……あ……篤志さ……っ……や……おっきい……っ」

「君のせいだ」

剛直で抉られる肉襞がわななき、最初からはしたなく絡みついてしまう。

もっと初々《ういうい》しい反応を示したいのに、身体は芹沢に媚《こ》びてしまうのが恥ずかしい。

「熱いよ、凛……俺を甘く締めつけてくる」

「んぅ、っ、ん、ぁっ、あぁっ」

ゆるく腰を遣われるたびに、声が甘やかに、淫らに変化していく。

腰から下が蕩けそうだ。肌がぶつかると嬉しくて、もっと溶け合いたいとさえ願う。

探るような動きが次第に激しさを増し、火照った肉壺をかき回す。

突いて、突いて、突きまくってくる男の背中に必死にしがみつき、ひっきりなしに声を上げた。

喘がないと死んでしまいそうなほどに気持ちいい。

潤んだ最奥を亀頭でぐりぐりと擦られると、知らなかった未知の快感が滲み出し、ますます凛を虜にする。

汗ばんだ内腿に指ががっしりと食い込み、ぐっぐっと挿し貫かれる快感に身悶え、凛を高みへと昇り詰めさせていく。

「あ、だめ、だめ……また、イっちゃう、イきたい……っ」

「いいよ、今度は一緒だ」

「うん、一緒、が、いい……っあ、あぁっ、イく、イく、あ、っあっあっあっ……！」

じゅぽっと引き抜かれ、一層強く押し込まれたとき、快楽の実が最奥で弾けて瞼の裏がちかちかする。

「あぁっ……あ……っん……ん……っぅ……！」

「凛……！」

どくどくっと放たれる熱の多さが嬉しい。

中をじっとりと濡らす芹沢の精液の濃さ、量に陶然《とうぜん》となり、息を荒らげながら何度も何度も彼の背中を引っかいた。

「……篤志、さん……」

「よかったよ、すごく――最高だよ、俺の凛は世界で一番だ」

額に、頬に、鼻先にキスを降らせてくる芹沢が間近で嬉しそうに微笑む。その額に汗が浮かんでいるのを見て、ぽうっと胸が温かくなる。

彼も感じてくれたのだ。この身体で。

凛の身体で。

「――仕上げに」

まだじんじん疼く身体をひっくり返され、うなじにすうっと指が這う。

「噛むぞ」

そのひと言だけでおかしくなりそうだ。

「……ん、……噛んで」

髪をかき上げられ、ぞくりと全身を震わせたのと同時にうなじに深々と歯が食い込んでくる。

「あ……！」

衝撃で達してしまうほどの深い快楽。

繰り返し噛み直され、歯形が残るほどに痕をつけられていく。

時がふたりを分かつまで、彼のものだ。消えない痕をつけられた自分というのは、生涯彼に寄り添っていく。

「……死ぬまで君を離さない。俺と君は永遠の番だ」

「……うん、……はい……」

身体にじんと染み渡る熱が嬉しくて、涙が次々に溢れてくる。

時を超えた先の誓いを立ててくれた芹沢の深い想いに自然と涙が浮かぶ。

もう、迷うことはない。

「愛してるよ、凛。生涯君だけだと誓う」

「僕も――あなただけを愛しています。あなたと、はーちゃんのために生きていきます」

「願いは一緒だな」

繋がったまま背後から顔をのぞき込んでくる芹沢がくちびるの脇にちゅっとくちづけ、そのまま手を深く絡め合わせて再び動きだす。

「ん……あ……篤志、さん……もう……？」

「そうだよ。いくら貪っても足りないぐらいだ。凛の頭のてっぺんから足の爪先まで俺のものにしたい。足の小指まで舌でなぞってあげる」

「ん……僕もあなたを隅々まで知りたい」

満たされていく悦《よろこ》びにうっとりしながら、凛も彼の動きに合わせていく。

何度達しても、まだその先がある。

永遠を思わせる交わりに、凛は芹沢とともに耽《ふけ》っていく。

10

「っと、できた。うん、これでよし」

「わー、かーてんかかったねえ、りんちゃん」

「はーちゃんがお手伝いしてくれたおかげだよ。ありがとう」

窓に明るい黄色のカーテンがかかったことで、一気に室内が明るくなった。

段ボール箱がまだ部屋の隅に積み上がっているが、これはゆっくり開けていこう。

うなじを噛んでもらったことで番となった凛と芹沢は、はるみとも話し合った結果、彼のもとで暮らすことになった。

芹沢宅にはもともとゲストルームがあったので、そこを凛のための部屋に空けてくれたのだ。

初めての恋人——しかも運命の番と暮らすなんて、思ってもみなかった。

叔母夫婦にも、このことはもちろんすぐに報せた。

生涯をともにしていくパートナーと巡り会ったこと、一緒に暮らすこと。

電話の向こうは涙声でおおいに喜んでくれた。

『結婚おめでとう、ほんとうにおめでとう。今度の週末、みんなで遊びに来てね。凛の大好物たくさん作って待ってるから』

叔母、叔父が素直に喜んでくれたことに胸が弾み、『かならず行くね』と約束した。

いま、自分は確かに愛されている。

そして、愛するひとびとがいる。

オメガという不可思議な身体に生まれ育ったことで戸惑う日々もあったが、芹沢の言うように、凛はもともと愛されて育ってきたのだ。

そのことを正直に受け取らなかった過去を恥ずかしく思い出すぶん、これからは自分なりに精いっぱいの愛情をもたらそうと己に誓う。

芹沢に。はるみに。叔母夫婦に。

そして、目下奮闘中の飯野と川奈にも。

はるみが懐いたことで川奈はもう一度シッター業を始めると言っていた。

『凛君と同じく、国家試験を受けて保育士の免許を取るよ』とも。

今度の試験は絶対に合格してみせる。

『一緒にがんばりましょう』と言えば、川奈も頼もしい声で『うん』と頷いていた。

そんな川奈を全面的にバックアップすると飯野は張りきり、日々、彼のアパートに足を運んでいるらしい。

熱心な仕事ぶりを見せる飯野のことだから、いまはまだ素っ気ない態度を見せている川奈のこころを奪うだろう。

「どう、片づいた？　ああ、ずいぶん見違えたね。カーテンが変わると君が同じ屋根の下に暮らしてくれるんだって実感が湧くよ」

キッチンで昼食の支度をしてくれていた芹沢が顔をのぞかせる。

八月終わりの晴れた日曜。

荷解きはまだまだこれからだが、はるみや芹沢たちと暮らしていく日々の中でひとつずつ、大事なものを置かせてもらっていこう。

愛用しているクッション、大事にしてきた本、長年着てきた服。

引っ越すにあたっていろいろと断捨離したつもりだが、それでも捨てられず、新居に持ってきた私物がある。

ひとまず、今日はカーテンを掛け替え、ベッドメイクをしたら終了だ。

「ランチができたよ。食べるかい？」

「食べます食べます。さっきからいい匂いがしてましたよね」

「ねー。ぱぱ、なにつくってくれたの？」

「はるみが大好きなオムライスだよ」

「おむ！　らいす！　だいすき！　ぱぱだいすき！　りんちゃんもだいすき！」

ぱあっと顔をほころばせて喜ぶ子どもを抱き上げて頬擦りし、「僕も大好きだよ」と微笑む。

「はーちゃんと篤志さんが大好き」

「ぱぱは？　ぱぱははーちゃんたちのこと、すき？」

「好きも好き、好き、大好きだよ。好きすぎて世界がひとつ作れちゃうぐらいだ」

はるみごとぎゅっと抱き締めてくる芹沢に笑い、温もりを確かめる。

この温かさがあるかぎり、しあわせは続いていく。

今日も、明日も、明後日も。

「おなかへったあ」

「お腹減ったねえ」

はるみと声を揃えると、芹沢が至近距離で顔をのぞき込んでくる。

そして、とびきりの甘い声で囁いてくれるのだ。

「おいで。俺の愛情たっぷりのランチを食べさせてあげるから」

あとがき

こんにちは、または初めまして、秀香穂里《しゅうかおり》です。まだまだ熱いオメガバ、今回は児童誘拐未遂事件が絡んできて……!?とちょっとハラハラする場面もありますが、基本的に溺愛ものです。凜《りん》のように真面目で繊細なオメガ、大好きです。愛したいし愛されたいという望みをしっかり持っていながらも、大事な場面で恥じらってしまう子、可愛くありませんか?

対してアルファの芹沢《せりざわ》はおおらかで愛情深い大人の男性です。凜のこともはるみのことも分け隔てなく愛し守り抜く、文句なしのスパダリですよね。雑誌記者という忙しい仕事の面も通じて、凜とはるみをつねに気に懸けているところ、読んでくださった方にも気に入っていただけるといいなと願っています。

そして、はーちゃん！　ひと見知りのはずなのに凜には初めから懐いてちょこまかうろつく場面はいくつ書いても楽しかったです。三歳だと物事の善悪が多少わかってくる頃ですよね。でもまだまだ大人の庇護が必要な年頃として、ときには可愛く、ときには活発にがんばってもらいました。

また、飯野《いいの》と川奈《かわな》コンビも楽しく書きました。川奈には川奈の事情があったんだよな～とか、そんな複雑な川奈を飯野はきっと丸ごと受け入れていくんだろうな～とか、楽しく妄想しました。

挿絵を手がけてくださった、上原《うえはら》た壱《いち》先生。なんとも美しく色香のある大人組、そして目に入れても痛くないはーちゃんを描いてくださって、ほんとうにありがとうございます！　眼鏡の攻めキャラを書くのはちょっと久しぶりだったのですが、上原先生が描いてくださった芹沢に思わずどきっとしてしまいました。愛がたっぷり感じられる挿絵の数々、とても嬉しく思っております。重ね重ね、お忙しい中ご尽力くださいましてありがとうございました。

担当様。いつもなにかしらご迷惑をおかけして申し訳ないかぎりなのですが、これからも精進して参りますのでどうぞよろしくお願いいたします。

そして、この本を手に取ってくださった方へ。

芹沢と凛はもちろんのこと、はーちゃんを気に入っていただけたらほんとうに嬉しいです。はーちゃん大活躍の場面、わたしも盛り上がりました。

はーちゃんはお友だちがすくなくても、ひとりひとりをこころから大事にしていそうです。

あとがき

勇気がある子なので、大人になるのが楽しみだな〜とこれまた妄想したり。でも、いまの可愛い盛りをずっと見ていたいなという気もしたり（親馬鹿ですね）。

ちいさい子が出てくる話は、子どもらしさがどれだけ可愛く切り出せるかというところに苦心します。今回の子も、すこしでもお気に召していただけますように。

もしよかったら、編集部宛にご感想をお聞かせくださいね。こころの励みにいたします。

それでは、また次の本で元気にお会いできますように。

CROSS NOVELSをお買い上げいただき
ありがとうございます。
この本を読んだご意見・ご感想をお寄せください。
〒110-8625
東京都台東区東上野2-8-7　笠倉出版社
CROSS NOVELS 編集部
「秀 香穂里先生」係／「上原た壱先生」係

CROSS NOVELS

ベビーシッターは溺愛アルファと天使に愛される

著者
秀 香穂里

2021年5月23日　初版発行　検印廃止

発行者　笠倉伸夫
発行所　株式会社 笠倉出版社
〒110-8625　東京都台東区東上野2-8-7　笠倉ビル
[営業]TEL　0120-984-164
FAX　03-4355-1109
[編集]TEL　03-4355-1103
FAX　03-5846-3493
http://www.kasakura.co.jp/
振替口座　00130-9-75686
印刷　株式会社 光邦
装丁 Asanomi Graphic
ISBN 978-4-7730-6088-1
Printed in Japan